无限悲情，
无限欢喜

Infinite sadness, infinite joy

碎碎 —— 著

新世界出版社
NEW WORLD PRESS

图书在版编目（CIP）数据

无限悲情，无限欢喜 / 碎碎著. -- 北京：新世界出版社，2019.3

ISBN 978-7-5104-6731-8

Ⅰ.①无… Ⅱ.①碎… Ⅲ.①散文集－中国－当代 Ⅳ.①I267

中国版本图书馆CIP数据核字(2019)第034700号

无限悲情，无限欢喜

作　　者：碎　碎
责任编辑：黄　倩
责任印制：王宝根
责任校对：宣　慧
出版发行：新世界出版社
社　　址：北京西城区百万庄大街24号(100037)
发 行 部：(010)6899 5968　　(010)6899 8705（传真）
总 编 室：(010)6899 5424　　(010)6832 6679（传真）
http://www.nwp.cn
http://www.nwp.com.cn
版 权 部：+8610 6899 6306
版权部电子信箱：nwpcd@sina.com
印　　刷：北京亚通印刷有限责任公司
经　　销：新华书店
开　　本：710mm×1000mm　1/16
字　　数：180千字　印张：16
版　　次：2019年3月第1版　2019年3月第1次印刷
书　　号：ISBN 978-7-5104-6731-8
定　　价：39.90元

版权所有，侵权必究

凡购本社图书，如有缺页、倒页、脱页等印装错误，可随时退换。
客服电话：（010）6899 8733

为每一个狂喜的瞬间
我们必须尝以痛苦至极，
刺痛和震颤
正比于狂喜。
为每一个可爱的时刻
必尝以多年的微薄薪饷，
辛酸争夺来的半分八厘
和浸满泪水的钱箱。

——艾米莉·狄金森

经历什么都不要紧,
一切都在于你怎么去转化它。
内心生活是沉淀,
是发酵,
是你对它的消化和吸收,
从中获得力量,
找到新生。
任何事情,
都可以成为负能量,
也可以成为正能量。
就看你有什么样的内心生活。

CONTENTS 目录

001 【自序】 你就是你写下的字

001 【第一辑】 谁配过最好的生活

【某生活小区的身体档案】/ 003
【幸福都是相比较而言的，不幸也是】/ 007
【杀死一只鸡的方式和方法】/ 010
【打电话的时间伦理】/ 015
【只有出汗，才能找到存在感】/ 018
【蚂蚁不懂母亲的焦虑】/ 022
【敬古老的夜晚和遥远的文字】/ 025
【做一件事，你应该追求做到极致】/ 029
【只要还能看月亮，一切便不是太坏】/ 032

037 【第二辑】 需要一点自虐的快感

【那些细密的身心轨迹】/ 039
【写作者的精神节操】/ 049
【致无尽关系】/ 053

【把一切快与不快，都活成享受】/ 058

【那些突然而至的生命交集】/ 062

【在这悲情又欢喜的世界】/ 067

第三辑
原谅我永远天真

【身体细节，也是精神意味】/ 073

【为什么我们不能成为世界上最亲近的人】/ 089

【活至心安，便哪里皆好】/ 114

【邻居】/ 118

【对世界，我愿意保持永远的饥饿感】/ 138

【因为爱你，我爱上了世界上所有的人】/ 146

【今日不宜肝肠寸断】/ 162

第四辑
你是你所有遭遇的总和

【吵架的哲学与高度】/ 175

【你的生活那么值得展览吗？】/ 180

【偷时间的人】/ 187

【一个人的私奔】/ 190

【女人20，30，40，50】/ 194

197 第五辑
在内心的痛处开花

【那种自我意志,是和命运的巨手拔河】/ 199
【放弃很重要,不要心太毛】/ 203
【随时检视自己苦难的人,是无法成大事的】/ 208
【美不美,都在诠释你的内心和修为】/ 212
【生活简陋,精神富足】/ 217
【包容一切,便一切皆可成为营养】/ 220
【每一步,都像是走在刀锋上】/ 224
【她深知每件事的意义和无意义】/ 228
【孤单与彷徨背后的心灵质地】/ 232

237
碎碎的完整

最好的风景途经内心

历经悲情,走向欢喜

让自己活得更好,还要活出更多

自序
你就是你写下的字

谈起中国文人的恶癖,鲁迅说过:"只要他写得出文章来,或搔或舐,都不关紧要。'不近人情'的并不是'文人无行',而是'文人无文'。……文人不免无文,武人也一样不武……"

从写作的意义来说是这样。我们很多人被称为文人,或自诩为文人,其实都是空头文人。只阅读,只评说,是容易的。一笔一画落在纸上,都是艰难。有多少东西,永远只停留在了想象之中,又有多少"巨著",因为没有下笔而永远胎死腹中。写作的人,都需要呕心沥血。时光仓促,岁月混沌,我们大都不敢回想最初的心跳。

做文字工作多年,对文字一直存有敬畏之心。常常觉得,一切经历,只有在文字中重述,定型,才是真的经历;否则,便像是白过了似的。作为一个经常在文字里兜兜转转的人,也会感觉,世界不是我们看到的那样,而是被叙述的模样,因为文字里有更高的现实,文字能带我们进入一个更深层、更有光亮的世界。这便是文字,也是写作的魔力。

一个好的写作者,应该找到自己的话语方式,找到契合这个时代语境的话语方式。有人喜欢写出温暖和明亮,于我,往往更愿意写出内心的黑暗与阴郁。不管是呈现明亮与温暖,还是书写黑暗与阴郁，都是对这个世界的热爱，只是爱的呈现方式不同。有时候后者，可能反而爱得更深。因为爱得深，才会痛得切。我乐于在黑暗与阴郁里，感受某种绝望和无助，以此提醒自己活着的重。然后，重新升起力量感。

有时候甚至觉得，于写作而言没有什么是不好的。一切都可以成为自身的养分，全看你自己的心态与转化能力。没有灵魂冲突的生活是不值得记录的。我心目中的好文字是直面身心真相，写出我们存在的痛与痒的文字；是以身心的真实体验为写作起点，又能由身体指向精神，从具象上升到抽象的文字。我希望能在写作中掀开自己内心的褶皱，透视那些被现实层层遮蔽的东西，剜开每一个无处告白的心结。

理想的写作就是一场灵魂的裸奔。在文字中，卸下所有伪饰与包装，像别人放大自己优点一样放大那些身心深处秘不示人的东西，敲打别人，也解剖自己。让那些在我们的现实中，所有的不适所有的扭曲，所有的尴尬所有的损伤，都被文字一一挑开放大，穷形尽相。似乎，人世间与自己内心深处的一切粗鄙与脏污，经由这样的写作，都可以得到漂白，仿佛蒸馏过的山泉，可以润泽心肺了。

这本书是近两三年陆续写下的文字。作为一名图书编辑，经手和目送过太多的书出版，对出书的事已近乎麻木。但于自己而言，它是对既往生活与心迹的记载，是悲情与喜悦交织的内心世界里凝结的蚌珠。书里写到的，不一定都是自己，但无疑，或多或少都会有自己生活的影子。有时候，"我"的想象就是我的最高真实。即便是写别人，肯定也蕴藏着一部分自我，因为"我"就包含在全人类之中。

时时提醒自己：你就是你吃下的食物，你就是你看过的书，你就是你写下的字，你就是你说过的话。你也是你无法说出的那些话，你是你未能写出的那些字。你是你的阴影，你是你的障碍，你是你无法写出的那本书。你是你冰山一角下面，永远无法浮出水面的那座冰山。

　　我想要写的，很多都还没有写。我写出来的，都不值一哂。这就是写作的尴尬吧。尴尬是人生常态。这也是写作的痛楚，但是我喜欢。就像我喜欢带着某种痛感生活。

　　在痛中，会更深地仰望幸福。在痛中，也会更多地期许未来。

碎碎

第一辑
谁配过最好的生活

某生活小区的身体档案

立秋后的第一场雨,天气骤然转凉。药店的门被推开了,正在手机上看剧的药店老板顺子抬起头来看到了她。

每年初秋的换季时节,总能看到她鼻子吸溜、表情崩溃地走进药店。只见她一只手用皱皱巴巴的餐巾纸捂住鼻子,一边连连打着炸雷般的喷嚏,说:要一瓶雷诺考特,一盒氯雷他定。

她涕泪交加地站在那里,说话的声音有点齉,鼻子堵住出不来气的样子,像被抛在岸上的鱼。她的脸色是乌紫的,犹如被暴风雨摧残过的秋叶,蔫蔫的毫无精神。

她是严重的过敏性鼻炎患者。经常来买的药是:艾条、艾叶、开瑞坦、六味地黄丸和逍遥丸、雷诺考特和氯雷他定。有一天刮大风,她一进店里就吐槽说,一到换季时她简直就没法活,鼻涕会从早流到晚,各种鼻炎药她都尝试过,但是都治不了根。

资深过敏性鼻炎患者走后不久,进来了一位老太太。说她是老太太好像也不对,因为她的样子和打扮看起来都不过是中年。有次在店里闲聊,谈起睡眠、养生和年龄,她让店员猜她的年纪,大家最开始猜她五十岁,她摇头。五十六?还是摇头。六十二？依旧摇头。六十五？摇头。最后她有点得意地笑起来，说："我今年啊，七十二啦。"

真是不像。她的头发漂染成金黄色，穿着考究时尚，皮肤白净。脸上虽然也有皱纹和时光肆虐的痕迹，但是能看出来年轻时的底子是很好的。

"怎么保养的？"有人表现出浓厚的兴趣问她，也带有恭维她的意思。

她故作矜持地一笑："哪有什么保养啊！家里的家务活我全做，每天锻炼三四个小时。我就是饭量好。其实我啊，身上有三十多种病。"

"怎么会呢？你看着这么显年轻。"顺子忍不住说。

"都不是要命的病，但是确实全身都有病。你看啊，头有眩晕症，脖子有颈椎病，耳朵有中耳炎，眼睛有青光眼……还有妇科病，老年性的阴道炎也很顽固。"她扳着手指头一一道来。好像病越多，就越值得骄傲，显得她的生命力就越强悍似的。但是，她毫无顾忌脱口而出的某种病还是让顺子等人感觉不适。这样的谈资与她的扮相真是不搭，让人瞬间适应不过来。

顺子喜欢那种不多话，进来拿着自己要的药就走的顾客，简明扼要，不拖泥带水。有病，却又保持自尊，挺好的。

果然，今天她来店里没好事。她要求退药。昨天晚上她来店里买了两盒帮助睡眠的药。说昨晚她按说明吃了三片，还是睡不着。"这药没效，给我退了。"她凛然道。

真是笑话，买了的药还能退？顺子盯着她无知而强势的脸，一时无语。坐在角落里的老板娘走过来，勉强赔着笑说：

"药都是不能退的，医院里也是这样。"

"一点作用也没有。我花了几十块钱没效果，是你们药的问题。"金黄老太不温不火地说。

她的愚蠢真要让人气极而笑。老板娘懒得跟她啰唆，最终给她退了没开封的那一盒。完全是破例。这才打住了她滔滔不绝的几箩筐废话。

这样的人，活该晚上失眠，顺子悻悻地想。

之后进来的是个苗条的姑娘。她好像住在一条街之外的小区。"你要什么？"顺子第一时间问她。

"毓婷。"她回答得不动声色。

顺子已经熟悉了她走进店里的气息和声响。这是她今年第五次还是第六次来买毓婷了？顺子还记得，第一次她眼睑下垂吞吞吐吐的样子。后来，她便一次比一次熟稔，然后就像要一盒感冒胶囊一样自然了。她会在多久之后来买治疗月经不调的药呢？顺子已经开始在心里盘算了。

毓婷姑娘离开后不久，进来的是位50岁出头、谢顶凸肚，住在附近高档社区的一个男人。每个月他都会来买一两次叫万艾可的进口药。今天也不例外。他是店里最受欢迎的人。原因呢，一是不多说一个字，快速高效；二是他经常甩出两张钞票，不等找零就走出店门。不知是迫不及待走出药店，还是迫不及待要去饮下那粒药丸。

黄昏的时候，一个30岁出头、身材挺拔的男人走进来。他住在药店对面的小区。顺子对他的记忆是，每个周末来，每次结账的是某品牌安全套，大号，超薄，螺纹，昙花香型，两只装一盒的那种。

好几次，顺子都疑惑地想，干吗不买大盒的呢？

直到一个偶然的机会，顺子听说他老婆是个博士，高校教师，出国做访问学者一年。买两只装一盒的那种是他这一年来的消费习惯。

有时顺子会想，也许没有谁会比一个药店老板更了解这条街周围居民生活的秘密吧。看他们购买的品种，便可知晓他们的身心秘密与生命潮汐。差不多，顺子心里有一个关于他们的身体档案，或者说是生命册子。每次接过那些惊心动魄的药，顺子都会呼吸如常，面无表情，偶尔也会在心里揣测他们的命运和他们当天夜晚的色彩。

周六下午的菜市场，人来人往。因为老婆不舒服，破例亲自来买菜的顺子，在海鲜摊位上遇上了那个万艾可男人。顺子正要笑脸相迎，和他打声招呼，却见他头扭过去了。顺子愣了一下，马上低眉敛笑，转身走远，假装并不认识。

他提醒自己，必须牢记，对这样的人，他并不认识。

幸福都是相比较而言的，不幸也是

"死老头子又要来了。"

她在电话里说。像每一次说到他一样，带着遮不住的厌烦，还有倍感不适的咂嘴声。

死老头子，是她在背后对他的称呼，叫了好几年了。他是她的公公，她丈夫的父亲。那么叫，也没有叫死他。他还好好地活着，身体硬朗，能吃能睡，热爱他的儿子和孙子。

她是二婚。婚后男人随她来到她的城市，离男人老家千里之遥的地方。

不管怎么说，让男人放弃自己前半生的一切，追随一个女人在一个完全陌生的地方重新开始，都很值得尊重和珍惜。他们当初的感情一定是很重的。

但是，两个人在短暂的甜蜜期之后，过得并不好。

结婚一年后，男人与前妻的孩子也追随而来，和他们一起生活。这对二人世界是巨大的挑战，对没有孩子的她，更近乎煎熬。还有一个人，也是她难以忍耐却必须忍耐的，就是她嘴里的死老头子。

男人是家里的独子，父亲老了，投奔儿子是天经地义。

老人经常来她家一住大半年。在我们眼里看起来也是干净、健康、有尊严的老人，在她眼里却处处不顺眼。她是名校老师，早上要带早自习，时间紧张得分秒必争，偏偏这时老人总会占着厕所迟迟不出来，让她腹急得没办法；老人一个人在家睡午觉能睡到天黑，却不知道拖拖地、择择菜，饭量却好得惊人……诸如此类。所以，老人就成了她嘴里百无一用的死老头子。

男人对父亲倒是很孝顺。如果一个男人连自己的父亲都不爱，他的人格一定很可疑。但是她连这一点都看不到。每看到男人对父亲疼爱呵护，没和她站一边，她就感觉悻恼又郁闷。

老人马上就要八十岁了，在她眼里，身体还好得令人绝望。她一定早在心里盼着他从这个世界消失。

只要在一个屋檐下生活，便很容易成为自己眼里的障碍。是不是，每个人都容易这样。

原来，我们心目中的她是天真良善，对人体贴周全的。一直觉得，她是远比我善良，心肠更柔软的人。比如买水果时，她常会体贴没卖完水果的老人，找给她的零头她会送还老人，赢得对方一个感激的笑；学生有困难时，她会慷慨捐助，为学生的疾苦昼夜难安。但是面对公公，她对他的称呼和态度都让我觉得刺耳，不适。我没有直接谴责过她，因为我不确定，如果我遇上这样的事，会不会和她是一样的态度？

站着说话可以不腰疼。凡事摊上自己，是不是未必有人家做得好？

年轻时的她是我们心中的白莲花，爱穿纯白棉质衬衫，穿过膝的百褶裙，贞静端庄，细致谨严，完全就是纯净美好的象征。经由什么幽深难测的路径，让她变成了现在对生活、对异己力量凶恶暴烈的人，我不知道。

是不是，我们都很容易对一个陌生人施与爱心，而对于在一个屋檐下会影响自己生活的亲人，却一心盼着他的远离，甚至不存在？

对只能躺在医院病床上吃流质食物的人来说，还能大口吃肉多么幸福。与只能坐轮椅靠家人推着才能前进的人相比，家有还能自由行走上下楼的老人多么幸福。也许人生并没有幸福可言，有的只是一种与另一种生活的比较。幸福，都是相比较而言的，不幸也是。

幸福的人，并不是真的拥有比别人更加幸福的生活。但不幸的人，往往是先在心态上就让自己陷入不幸了的。

远远地隔着，保持距离，很容易感觉美好，互敬互爱；在一个屋檐下，就很容易成为仇敌，水火不容，不共戴天，这可能是绝大多数人性的真相。

一个老人还活着，只是生物性地活着，对社会、对家人，都无法再有贡献地活着，像是在熬日子。他的家人在盼着他曲终人散。几乎没有人再爱他，他也几乎无力再爱别人。这该是何等滋味，我不能想。

死老头子。我每次听到这个词从她嘴里冒出来都感觉难过。好像被叫的那个人是自己。诅咒别人，也会影响自己生活和内心的质地。何如祝福？祝福别人，终会惠及自己。

终有一天，我们都会曲终人散。只有我们身上的美好与创造，会让这个人曲终人在。

杀死一只鸡的方式和方法

菜市场上
卖活鸡活鱼和猪牛羊肉的
好像比卖黄瓜豆角的
气质更硬朗一点
他们见惯了血与挣扎
手起刀落,杀头剖肚的动作一气呵成
但是
她们数钱的动作是一样的
招徕顾客时脸上用力的笑是一样的
生意清淡时
眼神看着远处时浮起的虚空
也是一样的

  这是女人走在菜市场里,对摊位后面的人的印象。那些感受在她心里自动分行,排成了诗的样子。
  周日上午,一夜雨水之后的阳光清亮,空气清亮,整个世界都是鲜亮的。女人走进位于菜市场角落的活鸡店。"要一只柴鸡。"她对看上去50岁左右的老板娘说。

"好，还是老价钱。"老板娘的脸马上笑得玲珑，"你还是要柴鸡对吧，公的母的？"

"公的吧，要小点的。"

老板娘打开装满鸡的铁笼子上的小门，从里面拖拽出来一只鸡。那只鸡马上陷入慌乱，一只腿奋力地向后抵着不想出来。眼见徒劳，又惊天动地地叫唤起来，此时空气也仿佛在颤抖。

老板娘倒提着那只鸡，笑着说："你看它，老不想死啊。"边说边往屋里面走。里面是操作间，杀鸡、煺毛、剖鸡的地方。

女人看着老板娘臃肿的身影，以及很快传来的又一阵扑腾声，咽了一下口水。她感觉自己就是那只鸡。

活在世上的每个人都可能是那只鸡，迟早，面对突然而至的屠刀，引颈受戮。

女人看到那只鸡被一刀毙命。鸡脖子上的血还没滴答干净，就被老板娘扑通一声扔进烧满开水的大铁桶里，等待煺毛。

女人往里面走了几步，里面一派繁忙，地上污水四溢，两个中年男子正在快速而有序地剖鸡，收拾鸡内脏，大刀斩块。案板上堆积着好几只白花花待处理的鸡。

鸡屁股多剁掉一点，内脏不要鸡胗，只要鸡心鸡肝。女人对忙活的男子说完，就退到门口等着。

一阵风卷进来。

不是风，是一个女孩走进来掀起的空气，带入的气流。

进来的女孩身穿雪白T恤，紧身的黑色七分裤，白色鞋子，闪亮而帅气。她看上去十七八岁的样子，脸黑得发亮，黑得耀眼，难掩年轻女孩的饱满娇媚。她的胸、她的长腿、她的颈背都健壮挺拔，像一枚汁液丰富的浆果。周围的空气被她瞬间点亮。

"小鳖孙妮儿，你怎么才来！你不知道这里有多忙？"老板娘用眼神剜着她，气恼地说。

女人赶紧收回目光，装着没听见。反正屋里很吵。有开水烫鸡毛的声音，有大刀剁鸡的声音，有水管的水流声，周边的叫卖声。

"你看看都几点了？啊？十点半了！你都在家干啥了现在才来？你是睡觉睡到现在？小鳖……"眼看老板娘还要接着再骂，一个男子走了进来，老板娘瞬间换上匀溜的笑脸，每一丝笑纹都笑得伸展透彻，像爆开的菊，"你看看要哪种鸡？三黄鸡7块，麻鸡6块，柴鸡16，你要哪一个？"她熟练地报价。

男子指指其中的一种。老板娘复又拉开铁笼子的小门，里面的鸡一阵激烈不安地骚动冲撞，翅膀剧烈扑扇起来的尘灰飞荡，鸡粪的气味腾地蹿起，一阵热烘烘惊慌失措的气息在室内漫起。女孩感觉那些声息溅到自己的T恤衫和裤子上，溅到自己的脸上发梢上，整个人马上像身陷鸡笼子里一样一身的鸡屎味儿。这一切像那个胖女人脱口而出的小鳖孙妮儿一样，让她感觉很丧。

她干什么去了？她一句话也不想跟眼前这个她该喊妈的胖女人说，说了她又怎么会懂。

女孩早上起来冲了个澡，换上干净的衣服，在来店里之前，又一次走到附近最漂亮的那个小区里。小区里有一池睡莲，两天前她就发现睡莲快开了。今早过去，果然赶上了它们开放的好时候。粉的温柔，黄的明艳，白的静洁，浮在水上，每一朵都美得令人神伤。她用手机拍了好多张。挑了几张最好看的，发给手机上被她设为"宝宝"的男孩。"宝宝"很快回了她两张自拍。真巧，"宝宝"今天穿的也是白色T恤。还告诉她，他也是刚冲完澡。"宝宝"刚洗过澡头发半干的样子真好看，她能透过手机闻到他发丝上洗发水的香味儿……等她做完这些走到店里，就成了胖女人嘴里的小鳖孙妮儿了。

身边的这个女人一定听到这个词了，女孩沮丧地想，这让她一个字也不想理会胖女人。那个女人的电话响了，女孩看到她把手机放在耳边，声音轻柔地说："你作业做完了吗？都做完了？真棒，妈妈马上就回去了。你作业写完了就看会儿书，啊？茶几上的书，你可以挑一本看。自己喝点水，水在餐桌上，妈妈很快就回去了。"

女人的声音细声细气的，真好听。她的词典里一定没有"鳖孙"这个词，女孩想。

鸡收拾好了，那个女人接过老板娘递来的一袋鸡，放进她肩上背的一个米色布袋里，说了声谢谢，转身走了。

女孩看到胖女人又走进去烫鸡毛，一股热气从大桶里氤氲而起，那种浊重的带着血腥和鸡毛鸡皮的味儿猛地蹿起，让人直想打喷嚏。这是她再熟悉不过的味道。鸡毛鸡血鸡粪便鸡内脏鸡的尖叫与哀嚎……熟悉得让人绝望而又黏滞。

她想，她眼里的鸡与那个女人眼里的鸡一定是不一样的。

那个女人面前的鸡是放在餐桌上的，用一只漂亮餐具盛着，飘着袅袅的香气，身上泛着浓油赤酱的亮光，一家人欢喜地在四周围坐……而她眼里的鸡是属于鸡笼子的尖叫与扑腾，挣扎与抵抗，是被妈一刀抹了脖子，汩汩流血的，是扔进铁桶里等待被煺毛的，是光着身子躺在长案板上被咔咔咔斩块的，是鸡肠子鸡气管鸡屁股鸡内脏被扔进一个大盆子里的。

世上有那么多鸡，哪能一样呢。

打电话的时间伦理

1

有一阵,他经常给她打电话,两人每天都会通话一小时左右。一开始,她当然会理解为这是她对他的重要性与亲密感的体现。他们第一时间分享彼此一天中那些重要或不重要的片段。直到有一天,接电话成为负担。因为多数时间她都在忙。或者有时候她并不想说话,只想在沉默的黑暗中陷落。有时候宁愿看看窗外的风景,感受树叶和风。但是电话还是常常冷不丁地响起。她经常不接,在手机正响的时候调成静音,让铃声哑掉。她不接的时候多了,他的电话好像便知趣地少了一点。偶尔,她在接的时候,想要快速地把对话结束,各忙各的去,他却试图把通话时间拉长。

然后她便发现,他给她打电话的时间都是他的废时间,比如他上下班走路的时候,他在超市买菜的时间,他早上醒来起床前赖床的时间。而他的废时间,正是她需要忙碌的时间。

终于有一天,她发作了,说:"不要在这些时间段给我打电话,我发现你总在你的废时间里给我打电话,而从来不去想我是不是在忙,你没发现吗……"

他不太承认。或者,是从没想过这个问题。

两人之间的电话终于日益稀少。

直到,除非真找对方有事情,再没有了那些平白无事的电话,而且说完即挂,言简意赅。

那个号码日益陌生。

后来她看到网上的一个帖子说,有个做业务的男子,每天上班的内容就是给客户打电话,要打无数通,所以他下班回家后再不愿意接听任何一个电话,包括女朋友的,手机几乎都是关着的。

她感觉非常理解。有多少重复的生活令人厌倦。

2

用的手机套餐每月含300分钟话费,但是基本上,每月都会浪费掉200分钟左右没打。除了非打不可的电话,如果没什么事只是想要聊聊天谈谈心的电话,打出去也蛮需要勇气和决心的。生活早已被最高程度地删繁就简,无事谈心好像也成了感觉羞涩的事情。

偶尔想要打给散落在各地的朋友,在没打之前就会想TA也许在开车呢,也许在开会,也许在忙工作,也许走在闹市中身边嘈杂,也许在酒桌上,也许在辅导孩子学习,也许,TA什么事也没有但是不想被打扰,完全不想接一个不在意料之中的电话……所以多少电话，都欲打又止欲说还休了，打电话成了非常艰难的事情。

每到月底，发现那没被用掉的话费，都感觉有点小惆怅。那按住不表的，本可以分散在一月30天的劳作、麻木与平淡里的200分钟，本可以偶尔相互唤醒，掀动，激荡，与笑谈的200分钟，就那样沉睡，滑入夜空，或者，潜入无边黑茫的大海了。

只有出汗，才能找到存在感

你有没有坚持过多年的一项运动？

我有。是跑步。

喜欢跑步。喜欢奔跑的那种感觉。

飞奔的样子大都很美。一路狂奔，撒丫子飞起来，身体闪闪发光，展现着一个人最好的活力，与最饱满的精神状态。那是感受自身、感受世界的最好方式。

喜欢在夜间跑，在黄昏时跑，在清晨跑。跑起来之后，会感觉愈跑身体愈轻盈，愈跑愈通透，直至汗水淋淋，有一种飞翔与穿越的感觉。

跑步，是与大地的交谈，是与夜色的拥抱，是与晨光的交融，是与自我的沉醉，是与烦恼和不快的诀别。

喜欢跑步，是因为喜欢跑步之后的出汗。

只有出汗，才能找到存在感。如果能挥汗如雨，就更好了。

城市里的非体力劳动者，出汗的机会很少，简直难找，除了运动。

一直觉得，最好的出汗方式有两种：一种是和心爱的人Make love，一种呢，就是跑步。前者需要人配合，需要很好的氛围与情绪的调动，常常可望而不可即。后者呢，却是一切尽在掌握。你换上跑鞋，迈动双腿，就可以让自己飞起来。汗水甩落，发丝轻扬，你像一面旗帜，一头麋鹿，在天地之间飞舞。

读书时，上完夜自习，和室友在大操场上跑几圈，好像才是对一天下来的最好交代。跑完之后，再和女友围着操场走一圈，聊聊天。我们一起流过的汗水有多少，我们的关系就有多深重。就是在那一次次跑步的同行中，我们感受着彼此心脏的同频跳动；就是在那些跑步之后汗水滑落的交谈中，我们越来越深地向彼此打开。

工作之后在这个城市定居，每住一个地方，最看重的就是附近有没有适合跑步的地方。买过的第一套房子，是在顶楼，没暖气，但是最让人满意的是它紧临一所大学。大学里那个阔大的塑胶操场就像是自己家的，随时可以走过去临幸一把。红色的跑道、绿色的草坪都可以让人尽情飞奔。跑完步之后可以在草坪上坐下来仰望星空。一直觉得，有没有跑步和凝望夜空的时间，代表着一个人的生活质量。成年之后，我度过很长时间一个人的自由时光，在那个操场的跑道和看台上，不知道送走过多少个皎洁的夜晚。

有过的几次相亲，也是在那个操场完成的。我总觉得第一次见面就吃饭、喝咖啡什么的让人别扭，不如，一起走走。这样消费的只有夜色、星空、月光和大地。在那个操场上的最后一次相亲，终于结成正果。正好，他也爱跑步，我们初次见面就在操场上聊了不少跑步的话题。后来，有时晚上打电话给他，没人接，过后他说是跑步去了，也让我大生好感。

这个故事告诉我们，跑步可以订终身。呵呵。

爱跑步的男人大都身姿挺拔，动如脱兔。爱跑步的女人，身材可以永远轻盈如少女，内心简单明澈。因为奔跑的动作犹如甩掉世界，会让人清理掉很多不爽和不洁。

跑步时除了跑步什么也不干，不听音乐，不看手机，只专注于跑。现代人太在意时间统筹，却忽略了专注。据说，放空本身就是冥想，专注是禅。喜欢跑步之时全然地放空。

有个年近50岁的朋友，写儿童文学的，她每周跑步，坚持多年，她说话和笑起来的样子还宛如少女。我相信，这和她坚持跑步的姿态有关。

愉悦时，要跑步，跑步会沉淀你的幸福。

悲伤时，要跑步，跑步能荡涤你的愁苦。

每一次跑步汗落之后的你，都可以是一个重新打开的你，闪亮如新。

看过电影《罗拉快跑》吧？一个多小时的电影时间里，大部分时间都是罗拉在用力奔跑的镜头。她飞奔下楼，飞奔过马路，飞奔穿越街道，飞奔过狭窄的巷道，她跑得肌肉着火头发燃烧，跑得空气噼啪作响，阳光痉挛，跑得汽车相撞命运扭转，跑得连上帝都要对她笑起来眨一眨眼。就那样，命悬一线地跑，千钧一发地跑，心蹦出嗓子眼地跑，跑出速度与激情，跑出对生命的全部热望与希冀，跑出人生最大的可能与不可能，跑到极速与生命的极限，你就赢了。

一直记得电影里的那句台词："就这样一直跑下去，好吗？"

最后，分享一下《跑步之心》里的一段话吧。

  在跑步时不戴耳机，或在健身房里运动时不去看电视，享受在沉默中跑步的滋味。可以注意环境里的各种元素，若它是冷的，去感觉寒冷；若它是热的，去感觉暖热……如果你发现自己漂流于幻想中，就回到姿势上。

不如，今晚我们约跑吧。

蚂蚁不懂母亲的焦虑

步行去一个几百米远的地方，常常也要花费半个多小时。这个时间是这样花掉的：路过花坛，看花坛边的蜗牛，十分钟；途经一幢楼，看墙角的蜘蛛和蜘蛛网，十分钟；发现一群围着一个苹果核忙碌的蚂蚁，蹲地上看五分钟；遇到一个甲壳虫或任何不知名的小虫子，看五分钟；遇到有台阶的地方，跳上跳下，十分钟；看见一片干枯的树叶，惊呼着捡起来，研究它的前世今生，然后说是送给妈妈的礼物，问妈妈漂亮吗喜欢吗，五分钟；遇到一只小狗，马上石化，看它的尾巴如何摇摆，看它皮毛分布的方向，五分钟……

对他来说，一路皆是风景，万物皆为新鲜，值得驻足停留的东西太多了。

妈妈你快来，这儿有两只蚂蚁！

有天早上7点50分，我牵着他正疾步奔向停车位，一路狂奔去幼儿园时，他却突然挣脱我的手，蹲下来不走了。我心里火烧火燎，因为8点前必须进校。赶不到的话，幼儿园大门就会落锁不让进了，进不去的话我就得自己带他一天。面对每天洪水一样滚滚而来的工作，这是无法想象的。

"快走快走！"我忍无可忍地对他大叫。

"妈妈你快来！"他带着更加无法忍耐的哭腔喊着。此刻出现的这两只蚂蚁是生命中的重要交集，怎能错过。

"你不走我走了啊，拜拜！"我已打开车门，威胁他。这是当妈的惯用伎俩。

"不行，妈妈你快来看！"

大概，孩子需要大人进入他所看到和领略的世界，需要大人去佐证和强化他感受的东西，这是孩子最需要的分享，以此才能获得存在感。

我掐算着还剩的时间，脑子里飞速权衡着，是一把把他拽过来强塞进车里，还是应和他看一分钟蚂蚁，哪一个更有可行性更富有效率。在他越来越急迫的哭声中我预感到暴力与专政效果不好，所以只能强忍住不耐，跑步折回，蹲在地上和他一起看蚂蚁，像是平生第一次看见蚂蚁那样，并在他把脸转向我提问时，竭力让自己死鱼般无感的眼睛温柔活泛起来。两分钟后，这才顺利地拉他起身，在大门落锁前的最后一秒钟冲进幼儿园。

几乎，每一天都要经历这样的拉锯心理战。各种较量过招，各种妥协或者坚持。

为什么孩子那么喜欢小动物，一看见就迈不动脚步？可能在孩子眼里这才是真正的众生平等，包括动物和人的平等。可能在他们看来，小动物像他们一样弱小被动，不会表达，在身高、体格上与他们更为接近，不会给他们带来压迫感；它们的从容自在，更能给孩子以安慰。

每到晚上或节假日，总会有朋友微信问我在干什么。——好像作为一个幼童的妈妈，我还有别的可能似的。终于有一次我忍不住了，郁闷地回答："永远不要再问我在干吗，我永远都是在带孩子，带孩子，带！孩！子！"

一个母爱充沛、情绪饱满的妈妈，孩子的奔跑、跳跃、嬉闹、话痨一样的提问与言说，都会让她脸上的笑容洋溢起来，眼神里漾出水光。她心甘情愿做他的应声虫与跟屁虫，全心全意地乐在其中。一个心不在焉，甚至总是心在彼岸的妈妈，面对这些，总是一不小心眼神就虚化起来，陷入自我或茫然的黑洞，需要自我提醒，才能勉强把自己拉出来。

林语堂总结的四种幸福——睡在自家的床上，吃父母做的饭菜，听爱人说情话，跟孩子做游戏。这种人生常态的幸福，其实也需要好的境界才能领会。一个心浮气躁的人，难以感受这样的好。就像宋代禅师总结的第三重境界，才能见山还是山，见水还是水。

孩子还小，一点小小的失意不适，都会让他哭闹，不依不饶，似乎自己是世界的中心，这是他的幻觉。他成长的过程是逐步打破幻觉的过程。我需要更有耐心地等待，更有耐心地陪伴他的成长。我还要继续对他捡拾的一片烂树叶如获至宝，和他一样面对金银忍冬的小红珠子笑得饱满明亮，和他一样有面向世界的原初的欣喜与发现。我不能轻易地踩破他的梦。我更不能打碎他对世界的感受和想象。

敬古老的夜晚和遥远的文字

上小学和初中时,爱看课外书。找我妈要钱买书时,她总会说:你把课本上的知识学好就不错了,不需要看别的。

那时候的家庭普遍不富裕,吃顿肉都不大容易。有无微不至的身体关怀,却缺乏足够和有效的精神关怀与心意相通,这是中国式父母的通病。我读中小学时正值80年代中期,温饱问题已经解决,但是精神饥饿却无人重视。想看课外书而不能,也是人生贫瘠的证明。但是,缺什么就会想什么,缺什么就想补什么。怎么补呢,孩子总能找到自己的办法。

五年级时,上学路过的新华书店里摆着《哪吒传》,垂涎不已。书的定价八角,于时年十岁的我来说,八角钱不是一笔小数字。下决心想尽办法要攒够这笔钱,说服好朋友和我一起攒。我们每星期都进书店里去看那本书还在不在,生怕被别人买光了。一个月后,我们用妈妈给的买水、买冰棒的钱,还有两次撒谎说老师让买作业本的钱,攒够了这笔钱,兴奋地交给店员换来心仪已久的《哪吒传》。书很厚,拿在手上沉甸甸的,让人很有满足感。何况这是上百次驻足凝眸之后才换来的一朝相守。每一页纸上的描述都激动人心,神奇莫测。我那么欢喜，它把我们带入到那个让人想入非非的世界。

初中时，特别爱看《少年文艺》和《故事大王》，都是月刊。《少年文艺》每本两角五分。妈妈还是不会给我这笔钱，怎么办呢？对抗父母，孩子都是天生的谋略家。我有时会在早上假装贪睡，起不了床，磨蹭到根本来不及吃家里的早餐，这样妈便会给我一角钱，让我在上学路上买根油条或烧饼；或者是在学校第二节下课时，有人提来一筐热腾腾的蒸红薯和带焦壳的圆饼来卖时，买过来吃，那些都是我们眼里的美食。但是，我得忍。清早上学路上好忍，那时并不怎么饿。第二节课的下课时分，不好忍了，那时肚子已饿得直冒酸水，有揭竿起义的贼心。尤其是当买了蒸红薯和焦壳馍的同学把热乎乎的食物拿在手上，看他们的牙齿一咬，食物里的热气与香甜的味道一齐蹿出来，让人目眩神迷难以自持的时候，更是煎熬。但是，咽咽唾沫，继续忍。一上午的四节课上下来，回家路上已经饿得浑身发飘不知西东，简直想打人，气若游丝地撑到回家抱起饭碗的那一刻，才算活过来。

就这样不吃早餐几回下来，买下一本《少年文艺》的钱就攒够了。

书买回来了，找时间看也是个问题。晚上做完作业就不早了，要在我妈的监视下熄灯睡觉了。不能让妈看到我的课外书，否则会被没收。看书的时间哪里来呢，孩子的那些办法，大人可能永远想不到。

我的秘诀是在临睡前灌下几大杯水，这样半夜就会因腹急而起夜。夜半时分，两点钟左右，更深露重阒无人声，父母在酣眠之中，我可以放心大胆地靠在床头看书，神不知鬼不觉地享受那种大盗得手般的快乐……几个这样的夜晚下来，便可享读完一本好书了。

那是我拥有过的一个人的子夜。世界停下脚步，时光静静流淌，我与书约会，魂飞魄散心动神驰。上海的《少年文艺》、郑渊洁的《故事大王》，还有《基督山伯爵》《新星》《夜与昼》，都让那些夜晚异香扑鼻，滋味不凡。

以不吃早餐和切断睡眠为代价，让精神饥饿得到满足，也是为自己赢得一点难得的自由。这个少年时期的秘密，我始终没和父母说起过。就这样，在80年代贫瘠的县城，在普遍缺乏课外阅读、生活单一的环境中，我为自己挣得了一点阅读。也许就是因为这样的经历，语文对我并非难事。尤其是在初三，每周一次的作文课，对我来说像是奔赴隐秘的欢乐。

中学毕业后阴差阳错读了农学专业，依旧是在业余时间看自己的文学书。工作后考了文学专业的研究生，毕业后从事与文字有关的工作，这才算是为自己的人生拨乱反正，扳回正途。

去过一个朋友的家，面积很大的别墅，她家的宠物和健身器都能拥有一个独立的房间，但是她家的书柜很小，里面只有稀稀落落的工具书。还有一个年轻的朋友住着拥挤的小户型，但是他家的书柜，顶天立地占了整整一面墙。他能在家人穿梭出入的小客厅写，在孩子玩玩具发出各种声音时写，在身边有种种干扰和繁复的背景音中写，随时可以进入他的阅读与写作中去。他的精神始终都在蓬勃地投入和产出。于我而言，这样的人才是富人。

加缪说过，文学不会让人活得更好，但会让人活得更多。想来，我们在人世间活到最后，拼到最后，最重要的，也许不过是你所拥有的内心世界，你能展示的内心风景。而这，只能是由日复一日，永不停歇的阅读与创造完成。

做一件事，你应该追求做到极致

有次在周大新作品研讨会上见到梁鸿，说起编辑工作，梁鸿很同情地说："要是你编的书赔钱了，你得承担责任；要是赚钱了有影响了呢，荣耀都是作者的，我觉得这真是最坏的工作啊。"

说得我心里寒飕飕的，直想反过来安慰她了——不想被想得那么惨。铁打的编辑流水的书，作为编辑，每天的工作确实淹没于与策划、编稿和与图书促销有关的烦琐事务中，自己想写的东西却胎死腹中。有次与某大社的编辑同行交流，她说她一直是保姆型编辑，她前不久刚出的一本某名人写的书，她几乎就是第一作者了，听得我差点怆然涕下，要和她抱头痛哭了。

每天处理堆积如山的书稿，看无限泛滥遍地横流的文字，不能不觉得，有时候不写或少写，比多写更需要自重、自持；轻飘浮泛，没有精神图景的写作，不如不写。甚至期待有这样的规定：不能随便出书，卖不到3000册书的出版，课以罚款……有次参加一作品研讨会，省内有名望的作家均在场，有位作家说："最可怕的是那些不会写，又勤奋得要命的人，每隔一两年都能写本书出来，真要命啊。"大家都笑起来。

我觉得最可怕的文字，是用貌似精美的修辞，丰盛的排比，铺张的叙述，讲述尽人皆知的大道理，论证那些个不证自明的所谓美好与真理。埋首于这样的书稿中，感觉自己也面目可憎，每天都在壮烈牺牲。

"我知道我憎恨这些：不是依靠天分和才华，而是只依靠努力、责任心和愚笨的诚恳来制作平庸产品。我忍受不了的是勤奋而平庸的东西。因为这些东西只满足世俗的虚荣心，却不能飞翔。"吴虹飞说的这段话深得我心。

出版社编辑部，很多人眼中的圣地。很多书稿经由这里印成铅字变成图书，有些书稿经由我们的手或者被毙或者辉煌，编辑掌握着对它们生杀予夺的权力。这权力也往往令人心生惶恐。凭什么你可以这样，你的判断一定就对吗？有没有草菅书命，或者助纣为虐？见过不少作者，恭谨地呈送来他们一摞摞沉甸甸的书稿，最年轻的十几岁，最老的八十多岁。八十多岁了还在梦想出书！文字的魔力可以把人纠缠至死。最震撼的，是接待过一个推着拉杆箱来交稿的中年男子，打印得厚厚的二十本纸稿装满了一箱子。面对那堆高山一样的书稿，我觉得怎么对待它们都是一种轻薄，我不敢想象它们是怎样被一笔一画写出来的。

编书还好说，更挑战的是卖书，是宣传和营销。在微博里，我关注的以作家、书商、出版社居多，所以微博页面出现的大都是与书有关的信息。一上微博，感觉我们的人生好悲催：几乎人人都想卖，可是都鲜有买家。在信用丧失的年代，你吆喝什么都难免令人生疑，感觉变味，因为其背后昭然若揭的商业色彩。你吆喝或者不吆喝，都是尴尬。不吆喝呢，不为人知；吆喝呢，又仿佛自说自话，自导自演自拍掌。就像你说谁美女，没有谁会信以为真；你说谁著名，等于啥也没说；你说谁大师，简直是在骂他。我们还能怎样表达自己，呈现内心？

有次在银川的全国图书博览会上，见到前去宣传签售自己新书《倪萍画日子》的倪萍，面对围观的无数双眼睛和镜头，她很松弛地跟主持人说："说到这儿大家心里就笑了，你不就是想卖书吗？我姥姥就说过我，你以为人家都比你傻啊。不错，我是想卖书，书辛辛苦苦写出来了，就是要卖的。编一本书要花钱，印一本书要花钱，书店每天开门营业要花钱，这么多环节都要花钱，最后不都是为了卖吗？你做任何一件事，你就应该追求最大化，做到极致。你卖书，只有卖到最多，你的思想和观点才可能影响更多的人。重要的是你要让人觉得，我花了这二三十块钱买了这本书，看后觉得值，这就行了。"

听她幽幽地吐出这样的大实话，真觉贴心贴肺。想起了《让子弹飞》里的台词：要站着把钱挣了。

当然，做编辑也有不少快乐和满足的。看到好书稿，还是会激动得内心发抖，犹如历经一场灵魂的花瓣雨，感觉这是编辑工作的最大福利。有时在看书稿的过程中忘了是在工作，而觉得是在享受阅读。把一本好书最大可能地推介出去，让更多的人看到它而获取精神营养，从而影响社会影响人的心灵建构，也是蛮有存在感的事。

只要还能看月亮，一切便不是太坏

女人的一生可分为两段：生孩子以前和生孩子以后。

以前，看到很多做了妈妈之后的女人，说起话来三句话不离孩子，便觉面目可憎，庸俗乏味。有了孩子之后发现，几乎每个女人都在所难免地被孩子改写，孩子必然会成为女人心心念念的第一世界，说什么都容易把话题绕到孩子那里，成为不折不扣的"油腻中年妇女"。但是，与培养起一个健康、快乐、全面的孩子的快慰比起来，油腻中年也在所不惜。

有孩子之后，以前当时只道是寻常的生活内容，比如逛街，和朋友聚会，看书看电影，喝茶发呆，现在都成了难得实现的奢侈。有天下午，和一个久违的朋友约见。她说4点钟要来单位找我。哪知年底路上堵车，她在路上多用了一个多小时，快5点半时她不好意思地联系我，说5分钟后就到了，但是我只能更加不好意思地说，实在抱歉，到了该去学校接孩子的时间了，我必须得走，不能再等了。

想到朋友浪费一个多小时的路途，却只能扑空，感觉很是抱歉，但是没办法。孩子所在的学校要求严苛，规定是接孩子迟到三次就开除，儿戏不得。想到自己的人生逼仄局促至此，连半小时的富余都没有，感觉有点悲哀。

还有一次，是早上8点半前必须赶至市区某酒店参加一个重要会议，通知要求绝不能迟到。这个时间对我来说太紧迫了。酒店离家很远，爱人出差，我早上必须送孩子，孩子最早只能7点半送到学校，送完之后我需要坐地铁，出了地铁站再打车，但是路上会堵车，路上的时间完全没把握。朋友对我说，出了地铁站有很多摩的，你坐摩的5分钟可到，不怕堵。真是好主意。于是那个早上，飞奔出地铁站后去坐摩的，一个50岁左右的男子的电动车。我扶着他的腰坐在后座，风很大，天气很凉。我和他前胸贴后背地离得很近，能清楚地看到他头发上的头皮屑，闻到他头发上累积多日的油脂气息，还有他年份很长的外套上的污渍气味。

如果不是赶这个会议，我和他可能永远不会有任何交集。但是那会儿，早上急慌慌的夺命时刻，我们共坐一个电动车，随他在汹涌的车流中穿梭进退，感觉像是身在汪洋人海中的一叶扁舟，两人同呼吸共命运，身家就共同维系在那个电动车上，像是命运之手的转动。

有天晚上，因为参加一个为期三天的研修班，住在离家十公里远的酒店。晚上的自助餐过后，和班里同学一起在街上散步。走在灯流车流流淌不息，霓虹闪烁的街头，忽然感觉遥远而又陌生。因为很久没有感受过大街上的夜晚了。每天经历的都是客厅里的夜晚，卧室里的夜晚，厨房里的夜晚，陪孩子做作业的夜晚，做各种家务的夜晚，坐在电脑前的夜晚，面对一摞书稿的夜晚，重复的线路与内容。像彼时这种，车流如河灯火辉煌，临街店铺尚未打烊，市井人声热烈喧哗的夜晚，于我完全是另一个世界，暌违好久了。

我成为现在这种样子，过着现在这种生活，有多久了？那种时空的错位感与陌生感，让人顷刻间差点热泪盈眶。好像某种宝贵的东西丢失已久。是什么呢？是自由。

孩子期末考试前的近一个月，照例要经历每晚做各种卷子的题海遨游。忙完作业就到十点多了，不要说孩子，大人都感觉筋疲力尽。有天晚上，陪孩子做完作业已至夜深，因为讲解一道数学题，他半天没明白我忍不住大声吼了他几句，感觉耐心已耗尽。弄完作业后本该马上洗洗睡的，他却跑到阳台，趴在窗边，惊喜地说："妈妈你快来看，今晚的月亮好圆啊。"

都什么时候了，还有心思看月亮，月亮不是另外一个世界的事吗？我忍住发作，走过去站在他身后，抱住他的肩头，和他一起看了一会儿月亮。

农历十四的月。接近满月。非常明媚地大，圆，明亮，与世无争的柠檬黄，像是没见过人间任何悲苦。

那么恬静。

站在月亮下面，为自己刚才的怒吼感到惭愧。继而想到，这是李白和苏东坡看过的月亮，是王维和杜甫歌咏过的月亮。是多少相爱的人看过的月亮，是多少落魄的人心碎的人看过的月亮，又是多少快乐的人幸福的人看过的月亮。为什么这么小的孩子在做完作业无比疲累之时，还能恬静地看一会儿月亮，还愿意站在那里感受月光的照拂，而我的心，却僵硬已久。

成人的世界，经常丧失了月亮的位置。

仰望月亮的时候，让我感觉离那些古人很近。感觉与那些遥远的生命皆有神秘的交集与共通，多么好。

　　也许很快，过不了几年，孩子就会因为更多的作业而无暇他顾，完全忘了还有看月亮这回事，想到这个，忍不住要预支难过了。想到我们的生活不知要经历怎样的丧失，为那缺掉的一角，我已经开始感到沉重。

　　月亮，只要这世上还有月亮，我们还能感受月光浴，一切便不是太坏。

　　月亮是永远的慰藉。

　　年末的最后一个晚上，回首一年来忙碌仓促的时光，我在微博上感叹：当我悠闲的时候，我觉得充实；当我忙碌的时候，我感到空虚。

　　这么说，是因为，悠闲于我，好像久远得像是上个世纪的事了。

　　好在，月亮永远都在。

第二辑
需要一点自虐的快感

那些细密的身心轨迹

内心的疯狂

最喜欢的一首情诗是女诗人萨福的《当我看到你》。萨福被公认为世界文学史上女性诗歌的第一人。

当我看到你
哪怕只有
一刹那,我已经
不能言语
舌头断裂
血管里奔流着
细小的火焰
黑暗蒙住了我的双眼
耳鼓狂敲
冷汗涔涔而下
我战栗,脸色比春草惨绿
我虽生犹死

至少在我看来——
死亡正在步步紧逼

这位古希腊的女诗人萨福生活于公元前 7 世纪。在那个年代，一个女人已经有了这样的表达这样的惊心动魄，真是令人惊艳。

她写出了女人骨子里的疯狂，爱到毁灭般的气息。极致的爱往往就是毁灭性的，淹没身心，无法呼吸——可是还是要爱。

可是这一切疯狂、一切毁灭性的情状都只是感受性的，并不是行动性的。它们只在内心生长，也许永远都只能发生在内心。

所以我常觉得，真正的疯狂是内心的疯狂。

一个人，再怎么张扬，再怎么疯狂，都不会及他内心疯狂之万一。

好比一个杀人犯，在他实施杀人行动之前，早已在心里杀过一千次了。

一个强奸犯，在他强奸之前在内心里也已强奸过无数回了。

肯定是这样的。

连鲁迅他老人家都说过，如果我的内心活动、思想别人都能看见，那一定要把人吓一跳（大意如此）。想想吧，连他老人家都是这样，说明他也会有诸多内心疯狂的时候。

多少像我这样的，身体疯狂不了，行动疯狂不了，也嚣张不了，就只能在文字里疯狂，在想象中疯狂，在内心里疯狂。

那位隐居的美国著名女诗人艾米莉·狄金森说得好：人们不知道疯狂可能是智慧的神圣伪装，一点疯狂让受困的心智得以放松。就像适量的白日梦有益于人的身心一样，适度的内心的疯狂，也不啻是对现实的一种反对，对现实理性的反抗，支撑我们内心的平衡。

面对自己的身体

以前，有个男性朋友跟我说，他洗完澡后，有时候喜欢不穿衣服，一个人光着身子在屋子里晃来晃去。那感觉，挺舒服。

听他的描述，想象那样的情景，感觉有点可爱。看他的外形，可以想象他的身体一定白皙，紧致，挺拔。

一个敢于面对和正视自己身心的人应该是勇敢的人，内心有力量的人。那种去除一切衣饰、一切矫饰，认真打量自己身心的人，该是一个接近真实的人。

有个离了婚的女友跟我说，她以前的丈夫，夏天特别怕热，他们刚结婚的那个夏天，他下了班一回到家就脱个一丝不挂——一丝不挂地在她面前晃来晃去。她实在受不了一个人在有外人在场——哪怕她是他的老婆——的时候，在床上之外的地方也能这样无忌。在她看来，这不仅是对他自己的不尊重，也是对她的不尊重。也或许，她是天生对裸体，或者说对人的身体有排斥。而且一度是相当严重的排斥。是的，我们很多的人可以对人大谈精神，却常常不能大谈身体；我们敢于正视精神的需要，却羞于面对身体的需要—— 一个矫饰的，无力面对真实的人。虽然，明明身体更是我们的本源（多年之后，我才终于明白这一点）。

女友说，她对他说过多次她的感受，让他在她面前穿上衣服，给她点尊重，给她点美感。可他坚持说那样太热，衣服全会被汗漯湿透——他是不讲感觉，只讲现实的。于是，在他们共进晚餐相对而坐的时候，她还必须面对他皱巴巴的身体。那些黑压压的汗毛总会在她眼前掠过。吃这样的晚餐，实在太影响人的胃口，而且简直荒唐，扼杀她的全部感觉，让她这个文学青年简直无法忍耐。于是，对着他狠狠地骂了几通，他才舍得在她在家的时候，给自己套上一条短裤。

在她看来，这实在是没有一点自我意识的人。

也或许是，她并不爱他，所以连带着拒斥他赤裸的身体，不想面对它。

我很能理解女友的感受。现实与感觉、真实与内心，总会有无限的错位，让我们的感觉受挫，内心受损。

后来看到一些西方的情色电影，电影里的光与影、声与色，总是那么迷人。感觉西方人，总能那么好地正视自己的身体，正视自己的欲望，与自己真实的内心握手言欢，身与心紧密相随，思想与行动紧密相连。对于中国人来说，这是西方人的可爱之处：他们坦然地面对自己的身体，就像面对自然。

这一点，恐怕是我们国人虚弱的一面，以至于往往身心异处，身心分裂。有几个人，敢于真实地面对自己的欲望呢？有几个人，能恰到好处地呈现和面对自己的身体呢？

想想自己年轻的时候，也是那样虚弱。只敢表现精神，表达精神，仿佛只是精神动物，把身体当作自己的敌人。感受到自己的虚伪，却又没有勇气真实。无力面对身体的真实。

现在，我想，身体之于人，就像山水之于自然。山水，是大地的自然；身体，则是人的自然。

现在，我也喜欢在夜深人静一个人洗完澡后，对着镜子擦拭自己的身体，在朦胧的灯光下，静静地打量自己的身体。每一个女人，都希望她的身体经得起打量。

当然，我还希望，我的身心都经得起打量——那该是多么坦荡，多么恬静的人生。

物质人VS精神人

偶然地与一个朋友聊天，他说，其实你在非写作状态中，作为物质人的时候，非常活泼，开朗，亲切，大度，并不是你文字中所表现的那样。

好像，确是这样。我不过是在寻找一种绝望的激情。用文字加深绝望，用绝望引燃激情。

他的眼睛真毒。虽然，他认识我只有几天。

想想看，那不过是在文字中撒野。或者，是在写作中矫情。就像很多的人、无数的人，在文字中搔首弄姿而不自知，对文字中表达出的自己就是自己，深信不疑。

文字的欺骗性确实很强。不光欺骗别人，也会欺骗自己。不仅魅惑别人，也在魅惑自己。让你误以为，你就是文字中表现出来的那个你，用文字装扮出的那个你。就好像一个时常面对镜头的演员，总会把镜头中那个经过无限粉饰，拥有无数观众瞩目的自己当作真实的自己，在没有镜头时，也依然还有被镜头注视的错觉和恍惚,以至于,举手投足依然还有挥之不去的表演性。那个你,当然更符合审美,接近理想,更绮错婉媚,灵透可人,更宜室宜家,上得了台面。那个文字中的你,当然更值得你自恋自艾,需要上帝千娇百宠。于是,你把写作中的你与非写作的你混为一谈,愈陷愈深。

你对作为物质人的自己视而不见,却对作为精神人的自己迷恋深深。你绞缠在自己的内心天地里,感受的是那个被自己无限虚构的自己,而失去了在现实中冲锋陷阵的力量,所以你总是无力应对现实。所以你总是格外虚弱。而其实,与生活的含混、多义、粗陋、辛辣、火爆,汪洋大海一样地扑面而来相比,写作不过是一维的,一经写下就成为固体,凝固不变。而现实中的你却瞬息万变,此起彼伏,潮起潮落,不一而足。在文字结束的地方,生活却刚刚开始。在文字粉饰的地方,生活却热气腾腾剽悍嚣张地以另一种姿容登场。

如此想来,便觉滑稽,于是问他:那你若喜欢一个人,是更爱文字中的她,还是文字之外的她?

他笑:文字中的她与文字之外的她,互相衍生,互相抬举,又互相践踏,互相不容。两人互相篡改,又互相僭越;互为表里,又互相揭露,亦敌亦友。没有这个她,便也不会有那个她。

人品问题

这里的人品,不是剑拔弩张地事关品质的高尚还是卑劣。生活中遭遇的人,起码的友好与善意大都还是有的,那种大奸大滑、道德虚无的毕竟是少数。这里想说的人品，是指我们面对生活的品性，姿态，内心的宽度与深度。

一个能时时对人生保持微笑，有自嘲的能力与勇气，总能够使自己与他人感觉愉悦，时时散发出人之为人的趣味与内在的生动性的人，他的人品该是多么的好。而且这一切，就像融入了他的血液一样自然。这是最为我所看重的人品。

而那种总会对周遭世界感觉不适，对别人感觉不快，总容易陷入连篇累牍的抱怨，其深广的怨气犹如释放的毒气，让人感觉沮丧。再好的天光，也扑灭不了他内心的怨尤。这是我称之为人品不好的人。你很难见到他舒展、明亮的表情。因为绝大多数时，他的表情都被她所陷入的这样那样的烦恼败坏。天知道，他的烦恼与怨气总是一波未平一波又起，野火烧不尽，春风吹又生。一个总是需索外力慰安与拯救，一个自我内心无力承欢的人。虽然他所拥有的真的已经不少了，可是他永远无视自己已得的福分，永远觊觎他的些微欠缺，永远生活于过去时与自我无限放大的缺憾之中，所以他的所得永远不够。与他持不同政见者，皆是他的异类，都应该被千夫所指；只有他所认定的，才是世界唯一的真理与正义。所以他总是与人陷入争端，因为只有他才真理在握。他那些巨大而无边无际的烦恼，多到总需要她身边的人去拼命安慰与平息，直到耗尽了她亲友的最后一丝耐心，陷入比她更深的抑郁。

这种人品，真是很难被获救。

美需要发现。幸福，其实更需要。

幸福是一种能力，更是一种品质。或许事关最高的人品？

需要时时提醒自己。因为我也时常觉得，自己的人品不好。不然，为何也总是一不小心就陷入烦恼怨怼？

年轻的时候，一个忧郁的神情，总是比欢快的表情更能打动我。就要走向中年了，才恍然明白，快乐是一种精神，幸福是一种美德。有力量的人，都会拥有这种美德。

总是感觉自己烦恼和不幸的人，是可耻的。

一个人，如果时常感觉自己的精神被现实压迫，为现实所拘囿，不过说明了他精神的孱弱破败。

谁欺骗了谁

他的小说，文字考究，构思精巧，意蕴深远，获过大大小小的奖项。这或许可以让他有足够的理由矜持、自负。

他看起来的样子，也正是这样的。

看那些小说会让人想象文字背后的那个人，应该也是意味深长的，严丝合缝的，生动可爱的，符合审美的。

可是，当真实的他出现在我办公室里，坐在我面前时，却见他把自己歪歪扭扭地塞在椅子里，像是放倒在他自家卧室的姿态，两条腿跷得东倒西歪，坐相是那么松松垮垮。身子倚在桌子前，手肘支在桌子上，手掌把腮支起来，颊上的肉在他手掌里颤颤巍巍地叠起一堆褶皱。偶尔一笑，露出满嘴的牙床。并不可爱。他的年纪并不大，看起来却疲沓，松懈，说起话来漫无边际，有点让人摸不着重心。

随意是好的，放松是好的，不拘也是好的。但对于一个侍弄文字，有审美眼光的人来说，似乎应该是在能给人保持审美的前提下。这或许，应是对对方应有的审美关怀。要让对方感觉愉悦。否则，那样的随意不拘可能就成了压迫，绞缠住对方的内心，让人呼吸不畅。

或者，难道他只能在文字中抚慰和升腾起我们的想象，却在现实中，摧毁人的想象？

和他说起一件又一件事，大都很快陷入死角。空气中结满了小疙瘩，阻滞彼此。我们东拉西扯了半天，大都没头没尾，原地踏步，一无所获。无非是说一些公共话题，重复一些尽人皆知的看法而已。我们都没能让自己生动起来，却让彼此的枯涩感加深再加深。

我没有敞开自己，放他进来。他也没有让我生出更多的兴趣，想对他知道得更多。所以我们的交谈都是浅尝辄止。丝毫没有增进对彼此的认识，没有表现出自身的趣味。

我们浪费了彼此。或许是，我们都没能找到开启对方的按钮。所以，他把自己锁得紧紧的，我把自己藏得深深的。我们都滑行于彼此的外围，隔靴搔痒。犹如上帝的笑话。

无趣是人生的常态。也是不够熟稔的人之间的常态，惯常的结局。永远不会让自己，让对方，陷入无趣的人，当然极其难得。有趣是一种能力，有时是勇气——敢于表现出自身趣味，时时散发趣味，总能打破冷场的人，有时是需要勇气的。大多数现实中的人，都难逃无趣的窠臼，深陷其中，无力自拔，于是早已习惯于无趣无味、无波无澜的常态。那些时候，我们的内心在打呵欠，上帝在我们的头顶上空眨着诡谲的眼睛。他一定在嘲弄我们的笨拙乏味。

很多时候，与很多的人相见，都是这样的。不知道，是哪里出了故障。

我们的外表，隔膜生分，淡漠呆板。

我们的内心，浩浩荡荡，沸腾翻滚，却无人能进，无人能知。

送走了他，关上屋门，我想，是他的文字骗了我，还是我陷进那样的文字，被我的感觉欺骗了我？谁知道呢。

写作者的精神节操

　　一个词就能说清楚的，你为什么要用三四个？一句话能阐释明白的，你为什么要用一堆排比？不过是同义重复，是用力太过、信心不足的表现。

　　看一部书稿，散文集，作者爱用感叹号。感情完全没到那个强度，也要虚张声势地用叹号一叹了之。让人看着心里一惊一乍的。以为发生什么大事了，或者他的心要呕出喉咙了，其实什么都没有。看感叹号过多的文章，就像面对一张表情过度的脸。对于以侍弄文字为生的人来说，是不是常用感叹号，简直事关精神节操。

　　一个词在大流行之际，也是死期已至之时。眼见着一个个好词由刚面世时的活力四射，走向过度流行后的衰颓无力。如果一个人的文章里充满这样的词汇，便会让人感觉不洁，就像看见一个人不停地用别人用过的餐巾纸擦嘴。

　　低估别人是比较丢人的事。比如，作者低估了他的读者。那多出来的一两个词、多余的几句话、不节制的抒情，都会显得难堪。

　　有些情意不需要表达。

一表达，就轻了，俗了，走形变味了。你感受到的便是你能拥有的世界。

有人发微博和微信朋友圈和人日常对话的叙事逻辑，都是不触及自己和别人的内心，只在浮皮表面的地方，认真或貌似认真地打转。这种避重就轻，是一种深刻的自保，还是不由自主地聪明打滑，不得而知。我觉得这种风格很神奇。当然在对方眼里，大概，同样神奇的是我这种暴露狂。

孩子吃完药后要求给他发一块饼干，压压嘴里的苦。我顺手夹起盘子里的一块杏鲍菇，说，来，这个是新式饼干，可好吃了。

他以前不吃杏鲍菇，但这次我切的是长方块，形似饼干，他就不认得了。他疑惑地走过来吃了，说真好吃。一连吃下三块，还有福同享献给他爹一块，兴奋地告诉他这叫新式饼干，像是发现了新大陆。

以前怎么跟他说杏鲍菇有营养、对身体好他都不买账，可是"新式饼干"就大吃特吃了，可见"叙事"之重要。

有个女人，说起自己的烦恼痛苦，依然表情好看，声音好听，表达精致。好像那些烦恼并非多么讨厌，倒是某种享受，是某种别样的甜蜜，让人恨不能也东施效颦地烦恼痛苦一把。可见，"叙事的腔调"之重要。

一个东西，一件事情，一旦被描写，便偏离了事物本身。

但是，任何事物，都逃脱不了被描写的命运。

对于被过多、过度描述的事物，便有了不信任感。

一个好小说，描写的生活充满了失败与落魄，破碎和心碎，可是它所透露出的心灵质地、精神密度与情感的光辉，犹如阳光透过枝叶婆娑的大树折射出来的斑驳光影，令人沉醉。沉醉到与小说世界里的紧张、痛楚、光亮、柔软与湿度比起来，现实中的成功与富贵都显得平庸乏味，不值一提。

放一放，一杯热茶会变凉；放一放，一枚水果会变坏；放一放，满腔激情会冷却；放一放，柔软的心会坚硬，坚硬的心会柔软；放一放，你会发现改过20遍的稿子依然还可以再改。

把一篇稿子弄好，点击"发送"。就像把它送入茫茫太空，随它在空中漫游，与自己再无干系。它下一步的命运如何已与自己无关。只有在写的时候，它才属于你。写完之后，它就像脱离子宫的孩子，拥有它自己的生命与独立意志。你要想的是下一个。写作就是这样，犹如深渊，永无止境。

我感觉最迷人的词是奋笔疾书。每一个字，都在你的笔下奔跑，你把它们一一擒拿归案。但是几乎，这永远只是想象中的景象。大多数写作都是一下笔便艰难滞涩。

你在文字里想表达这个，人家却在字里行间嗅出了那个。这是表达的罅隙与多义，也是人心的繁复。写出来的字不再属于作者自己，也不会再受作者摆布。

他的内心自有无垠世界和无边深渊，深不见底，哪怕是他最亲密的人，也无从跨越。他通晓世间万物与各色人等的趣味。他深谙各式人物性格与命运的密码。他活于漫无边际的虚与实之间。通过文字，他让自己活得更多，活得更深，这可能是一个作家最大的幸福。

有病，会影响一个人看待世界的眼光。有的病让人完全无力感受世界。整个世界，都只剩下对那个病的感受和绝望。于是一切景语皆病语。身体越好，心态越好，对世界的感受能力才会越好。

致无尽关系

年轻时很容易讨厌一个人，因为某个小事，某一细节，便会在心里否定这个人。年纪大了以后，很难讨厌一个人了，大都可以和平共处。讨厌，是用力过猛的一种情感，犯不着。犯不着为一个外人耗费心绪。倒是会为这个人为何会这么讨厌而生出点别样的好奇与兴趣来，类似于某种嗜腥嗜膻的心理。

曾经，一看到自己感觉好的东西，比如一本书、一个电影，便一心想让自己爱的人也去看看，想让他进入自己进入的境界，感受自己感受到的东西，以此相通。现在感觉，这也像是一种强迫症，一种温柔的暴力。各有各的关注点，各有各的领空与禁忌。能分享，固然好，可是有很多东西，注定要一个人咽下。

在一些不好的时候，我常会想象你的幸福。想象一下你一定会有的幸福与安然，平和与宁静。你的幸福不在于你拥有什么，是怎么样的，而在于你总能让自己幸福。我从来也没有见过你，可是我从未失去对你的想象。那些想象豢养了我，也是我和你温柔相处的方式。

不管你怎么样，都依然爱你。爱你，无关乎你好不好，不过是自我内心的需要，是自我圆满的途径。连绝望都可以爱的人，还有什么不能爱？

不要把好心情寄托在对方身上，也竭力不让坏心情因对方而起，唯此，你才真正是自己的主人。

有时候，重要的不是你们在聊些什么，而是你们从来不聊什么。

好的吵架，应该是再怎么激烈都没关系，但是一不伤和气，二不伤感情，反能推进对对方的想象与了解。这可能吗？就看你们有没有这种内心的高度。

时隔多年，与她再次见面，这才发觉我们失散了那么久，彼此相忘于江湖，却又随时可以接续。好的情谊，便是如此。

言语无忌，便容易得罪人。得罪也就得罪了。不得罪一个人，你怎么知道他的痛点。不得罪一个人，你怎么知道你们关系的深浅。真正经得起考验的关系，应该都是无法得罪，不足以得罪的。

我早就愿意，成为一个无法得罪的人。

我不相信我们之间会发生不快。哪怕是已经发生了不快，我也不相信我们之间会有真正的不快。我相信以我们的心地和境界，能够化解和消弭任何不快。就像一阵风，哪怕是可怕的飓风，你知道终有一刻它会停。飓风过后，一片宁静。

和一个不算熟识的人，突然说起深入的敞开心扉的话，会缩小距离，让两人的关系一下深入起来。每个人的心里都有柔软，每个人的心也都能感受柔软。这并不是刻意为之的一种策略，而是某一时刻，突然就想跃过栅栏放下盔甲，在公事公办的面孔之外加入一点个人化的东西，流露自我。于是，局面悄然改变。这才是，一切皆有可能。

如果你不幸福，我的幸福就像有了罪恶感。如果你不快乐，我的快乐便毫无价值。——致我最看重的人。

我有点害怕对你失望。对你失望，就是对世界失望，就是对自己的绝望。好吧，那就不失望。你怎么样我都理解，你怎么样我都宽宥，你怎么样我都微笑，你怎么样我都相信。你怎么样我都平静。可是，我真有能力把自己摆到一个这样高的位置上去？

一个太爱自己的人，往往得不到别人的爱。仿佛，他自己已把他应得的爱，给耗尽了。

能完全信赖一个人，不必生疑的感觉，是最好的感觉。它只在彼此完全坦诚的两个人中间才可能产生。他从不问我过去的事，这很难得，好像我的生命从他这里才真正开始。

不管对什么人什么事，每每心里蠢蠢欲动略有期待的时候，都会先给自己预支一个最不好最无望的结局。这样，如果真的一无所获，与自己心里预设的正好，便也心平气和，接受现实。如果比自己设想的好一点，便仿佛拾得意外之财，心里安慰。有这样的心态，似乎便可少了许多痛心。

她很招女人，也招男人。其实她无意于此，但是花香蝶自来。有天晚上我做了个与她有关的春梦，是关于她和一个我暗恋的男人的。醒来怔怔，才意识到，可能我连做梦都在嫉妒她吧。是那种蛮热爱的，很有认同感的，可以自我消解的嫉妒。有点小嫉妒、小酸楚的情绪也挺好吧。以此保持与世界的紧张感,和雪在烧般的冷热交替感。

每当给一个人打电话,打两遍没接,发短信一个小时未回,我就会想,这人是不是出了什么意外。这不是咒他。这只是我对这个世界的不信赖与不确定感。世界变化太快,好像已经没有什么确定不疑。

不近人情,有时不过是不近庸俗和世侩的人情。对这样的人情,何妨冷面。对世界的很多部分,都应该保持拒绝和疏离。这是姿态,也是勇气。

我们常常活于对自我的错觉,对他人的错觉,对世界的错觉之中,或多或少。错觉有时是自己需要保有的一种幻觉,一种幻象,一种慈悲。

有时候,一个人表现得越多,说明他需要遮掩的东西就越多,内心往往就越虚弱。有的人,经历了越多的风雨,他的表情越是也无风雨也无晴。那种内心的澄澈与清明,更令人敬畏。

不会再为那些事难过了。因为你已经没有能力让我难过了。因为你对我已经没那么重要了。——也许后者才让人难过。但是,这样平静,真是挺好。

电话响起,那个电话号码她在一秒钟的陌生之后就想起来了是他的。犹豫了几秒钟之后,接通。

"哪位?"她说。

"我呀,"他说,"你不记得我的电话?"

"嗯,我没存,不记得了。"她故意说。

"你看,你的电话我始终都还记得,一直没忘。"

"是吗?"她口气淡淡。

"是的。"他说,"你过得还好吗?"

"还好。"她说。停顿。

一个假装深情。一个假装无情。

她是这样一种女人,不管她嫁给谁,最后他都成了人家的男人。

走进一个人的寂寞深处,常会感觉,一切人皆有可爱,一切皆可怜宥。

有时候觉得,简直可以爱上所有的人——所有的神,与兽;所有的丰,与陋,在这一场,连绵不绝的秋雨里。

也许不过是因为孤独,寂寞,想要与世界发生一场深刻的联系,想与陌生人,一起进入极致的袒腹相见的深入交流,类似于某种行为艺术,于是,就有了一场800块钱的事。只有这么想,才感觉这个世界和那些男人好懂一点。——看某导演嫖娼被抓的新闻有感。

不要心怀怨怼。怀有怨怼,不过说明,你把过多的期待放在了别人身上。不要指望对方成为你所期望的那个人。就像不能指望你能成为对方期待的,你无法成为的那个人。

常常,因为一个人的某一个表达、用了某一个词,让我有了绝妙的意会,就会马上觉得与其心灵相通,在瞬间不可救药地爱上他,进入痴呆着魔的境界。我的头脑永远都是这么简单,一个100岁也依然不可救药的人。但是,我愿意享受这种简单。

把一切快与不快，都活成享受

喜欢寒冷，或者酷热，喜欢饥饿感，喜欢运动之后的汗水。喜欢劳作之后的疲惫，喜欢生活中的微苦，喜欢一切不适之后的适度满足。总是感觉适意的肉体，是令人沮丧的。

想修炼成为这样的人，甭管干什么家务，无论是拖地抹灰，择菜洗碗，还是擦灶台刷马桶，都能吹着口哨哼着歌，脸上泛着愉悦的沉浸其中的临幸般的光辉，像是迎接一场即将来临，按捺不住的欢喜。把一切快与不快，都活成享受。享受其中。

在不快中感受快感，似乎，那是感受自己精神的强度与韧度的最好方式。

我只关注精神事物，以及与情感相关的部分。别的都很难进到我心里去。这是我停止生长与无法成长的原因。有多么愚蠢，就有多么纯净。有多么不得好死，就有多少向死而生。来吧，这命定的一切，让我们收留彼此，悲伤又幸福。

追寻意义或许是一种病。但是，无意义的人生比病更难以忍耐。凡·高说："如果生活中不再有某种无限的、深刻的、真实的东西，我不再眷恋人间。"

不习惯幸福。只习惯于不幸福。幸福常会令我感觉单薄。

肉体的持续幸福感，令人眩晕，生疑，甚至感觉单调乏味。不幸福，倒觉得是人生常态，多数人的必经之路。于不幸福中更能找到存在感、生存欲与上升的斗志。

"你一定要幸福。"总有人好这么说。只要走在追寻幸福的大道上，就已很好。幸福之后，往往无味。木心说，不一定要快乐。

没有觉察到的老，便不是老。就像没有被感知的幸福，便不是幸福一样。历经同样的事，有人很容易感觉好，有人很容易感觉各种不适和不快。总是让自己陷入不适和不快之中，是对自己的一种惩罚。同样的事，有人心在天堂，有人身在地狱。全在于内心的质量。

一切圆满都是自我圆满。一切残缺都是自我的残缺。

你最性感的地方应该是你的内心世界。不假外物，一个人就可以深深自嗨。

自己越把自己当回事，在别人眼里可能越是一钱不值。基本上是这样。但是人大都扛不过自己可笑的虚荣心，总需要表现得比实际上的自己，更美更能干更重要一些。

若无辛苦与劳作，放松与享受便无意义。

一位女作家新出了一本诗集，扉页上是她的大幅彩色照片。那是二十年前的她，明艳，饱满，红扑扑水灵灵，光芒万丈，美得耀眼。她永远都选这张照片——距离自己现在愈来愈远的照片。这意味着，她并不接受现在的自己。她只愿意看见过去的脸，却不愿意拥抱现在的心。

一想到我对这个世界的享用和占有，远远大于我对这个世界的贡献和付出，心里就感觉难堪得不行。

要打败一个人，不一定要他的肉体怎么样，哪怕他每天锦衣玉食，只要让他常常陷于无聊之中，就是他最大的溃败了。无聊是精神上的没有着落，精神上的无房户。精神上的无可归依才是最致命的恐慌。

我们不仅居住在房屋里，更是居住在自己的内心里。你的内心质量决定着你的生活质量。

每当发了脾气，与人争吵，或者语出抱怨，事后都会备觉自己的丑陋。继而会想，她绝不会这样的吧。是的，她不会。于是就会感到格外地羞愧。想起她，心里就会漾出不为人知的笑，一切慢慢自愈。她只是一个我从未见过的人，但我每天都能感觉到她的存在。

大概，每个人都有他需要掩饰的东西。掩饰爱，掩饰不爱，掩饰胖，掩饰瘦，掩饰缺陷，掩饰衰老，掩饰无知，掩饰贫穷，掩饰悲伤，掩饰狂喜。当一个人不再需要掩饰自己什么，能平和接纳自己一切的时候，才可能走向真正的松弛自然和无谓。

屋里有各种吃的，忍住不吃。把自己饿得头晕眼花了再吃。每天都可以洗澡，等到脏得感觉不适了再洗。好像在脏污和黑暗之后感受清洁，这样的清洁才有意义，就像冬天之后迎来的春天。

陆放翁有诗云：留病三分嫌太健，忍饥半日未为贫。

人最大的恐惧，是活在时间的恐惧中。在时间面前，每个人都是穷人。

有时候，无须去死死寻求所谓真相吧。第一，没有真相。人永远只能看到他想要看到的东西，而他所能看到的，不过是世界的冰山一角。第二，有些真相只会让自己悲伤，让对方不快。有时间不该去做点让自己高兴的事吗？很多时候，很多事情，我并不想知道更多。

　　杨坤的歌里唱：放过了自己，我才能高飞。

　　其实是放过了别人，你才能高飞。你烦恼，不过说明你褊狭；你痛苦，不过说明你无能；你抑郁，不过说明你无趣……往往如此。所以，学会永远对自己开刀吧。

　　你那么爱自己，怎么好意思？配不配呢？每当看到那种对自己有着过多过分的爱的人，我都暗自为她感到紧张，羞涩。我愿意对自己粗糙一点，再粗糙一点。需要钝感力。

那些突然而至的生命交集

每个人的人生都是一部秘史。

我们所能看到的，常常只是它的封面封底。

经常接到陌生的骗子来电。偶尔，在有时间也有心情的时候，我会表现得温柔异常，完全温厚纯良天真无邪童叟可欺，他说什么我都说哦，噢，是吗，好，可以，一边配合他演戏一边为其不甚高明的骗术暗自遗憾。真心希望他能把我骗得久一点，再久一点。要是能骗得我深信不疑执迷不悟，就更好了。一直配合他演到峰回路转柳暗花明绕树三匝，到他催促我打款的最后一刻，才曲终人散把他拉黑。

这是我感受这个世界的别样方式还是他与世界交集的方式，是我的人生太寂寥还是他的人生太辛酸，是娱人还是娱己，很难分辨。是一开始识别他是骗子就挂掉电话，还是让他的希望肥皂泡一样升至最大再破灭更残忍，亦难以考量。

一想到这个突如其来的人生交集就此消散于茫茫人海，就会感觉好伤感。

在德克士买烤翅。服务生看上去只有20岁，表情是连续工作了20年的样子，和人问话应答时不牵动脸上任何一丝肌肉。

用夹子往纸袋里夹鸡块时，鸡块掉到了地上，一连掉了两块，她往地上看了一下像是什么都没发生。得有多倦怠才能这样面无表情。她的态度让我对她经手的食物很没有信赖感。那两块掉在地上的"千人鸡"像是被遗弃的死婴。

想起佩索阿的诗：你不快乐的每一天都不属于你，只要你不快乐，你就没有生活过。

那时8点，离她下班时间还有两小时。我不该把这两句诗告诉她吗？就像告诉她一件刻不容缓的事。

参加一个豪华的饭局，席间有个报社女记者是第一次见，她看过我写的一些文章，和我聊起那些文字，认真地对我说："我觉得你的老公一定非常幸福。"

这是我听到过的最华丽最隆重的赞美。虽然我老公未必幸福。

对写作者来说，最好的爱是因为她的文字而爱上她。

买了一个人的一本书。看进去了，那些文字叫人惊慌。再看他的微博，感觉便像亲戚。某一时刻，你的情感、你的内心被其搅动，与他的文字相融，你们就是精神上的亲戚。多年前写过的字，不忍心再去看它。那里的矫情与软弱、虚饰与轻薄，还有自我的暴露与内心辗转的血痕，都不忍细看。就像面对不能端详的旧恋情，不能深想的前男友，不如一下子掀过去的好。

三月一日的午后，晴朗，必须放下一切去小区的步行街走走；必须被春风吹彻；必须仰望玉兰花树，注视掉落一地的粉色花瓣，看到它们一夜之间由少女走向少妇；必须被阳光晾晒；必须感受对这个世界的爱与眷念。

黄昏,回家上楼时,楼道里飘来油爆花椒的气息。油的灼热喷香与花椒的辛辣刺激裹挟在一起,空气撩人,让人唇齿生津,心下难耐。做人是不是当如油爆花椒?烟火,却生动;家常,却泼辣;平凡,却惊艳。那一瞬间嗅觉的销魂,给人中弹般的记忆。

一大型讲座最后的交流环节中,有人举手提问,站起来发言。与其说是提问,不如说是表现自我,那些句子表达得过于光滑圆润了,好像提问者只有沉浸于光滑表达的快感,而无对问题的困惑感,有点冷幽默。人间处处是剧场。

在顺丰嘿客寄东西,有位七十岁左右的老人去退货,是一箱车厘子,她说不新鲜。其实看起来还不错,饱满个大,果皮泛着紫红的幽光。工作人员解释,有一两个不新鲜的也可以理解,毕竟经过长途运输。老人坚持要退。工作人员说我个人给你补十块钱,算补你的。老太太还是不同意。

看她那么计较,我觉得她真是闲的。这么计较的人,该少了多少幸福感。双方僵持不下,我说算了这个我要了。这突转的剧情让他们两人一愣,工作人员马上对我感激不迭,非要少收我十块钱。那一刻觉得,可以拍胸脯为别人的麻烦买单的感觉,真是不错啊。

有的人,对生活很娇气很高标准严要求,貌似很"善待"自己,却是在无关紧要的地方把自己陷进去更多;有的人呢,对生活要求低,觉得什么都挺好的,所以能让自己身心轻快,走得更远。我喜欢后者。

不同的心灵质地,看到和感受到的世界多么不同。

假如世界欺骗了你。有可能只是你的眼神有问题。

在繁华路段的路边等车,手上拿着手机。刚打完一个电话,一中年男子走向我,说要借用一下我的手机。他看上去的样子有点可疑,我刚换的新手机,敢不敢借给他呢?犹豫不决之间,一辆出租车开过来,这让我有了拒绝的借口,说不好意思,得上车走了。

车带我呼啸而去,把他晾在那里。但是马上,感觉非常糟糕,不适,为自己的行为。如果他并不是骗子,真的只是急需借用一下电话,我如此冷漠该为他对这个世界的感受增添多少凉意。然后,以后他也会那样对别人。为了避免上当受骗,就把所有陌生人预设成为可能的骗子坏人,多一事不如少一事,这是我们多少人的心理预设?

感觉自己又为这个世界增添了沉沉雾霾。

黄昏时去菜场买羊肉。因为突发奇想想给孩子做烤羊肉串。

羊肉摊子的案板后坐着年轻的男子。多少钱一斤,我问。

30,他说。表情淡漠,没有呈现想象中应有的笑容。哪怕是虚假的笑。

买……2斤吧。我说。

他持一把闪亮的弯刀飞快地剁肉,过秤,装在一个塑料袋里递给我,表情如冰。

他,也抑郁了吗?也许是因为生意清淡,也许是因为连日雾霾,也许是因为刚认识不久的姑娘好几个小时没回他的短信,他,就抑郁了。我这样想。他的抑郁,像黄昏一样令人惆怅,让我把早已计划好的,就要脱口而出的"买1斤"变成了

"2斤"。

总会在一个人的抑郁里,看到所有人的抑郁;在一个人的无望里,看到很多人的无望。多买的1斤,也许是想徒劳无益地为一个人的抑郁买单,其实于事无补。可是除此之外,又能怎样。

有天上午,在一超市门口看到向超市走过来的一对母子。孩子大概5岁的样子,脸上五官分散,那是让人看了一眼就不忍再看第二眼的排列组合。他的眼神呆滞无光,嘴角流着涎水,与世隔绝的表情,走路时胳膊和腿弯曲晃荡,像是在天上飞——显然是个非常严重的唐氏儿。而他身后的妈妈,表情平静,眼神里也无风雨也无晴。那是超越了悲戚与沉重,蹚过了疼痛与无望的宁静。那一幕看得我心跳骤停,又感觉悸动。

如果命运带给我一个这样的孩子,我会怎么样?每天以泪洗面,还是残忍又懦弱地把他抛弃?是全线崩溃成为世界上最绝望的那个人,还是带着他一起去死?可是这位妈妈,她的肩膀是什么做的?她脸上的平静与接纳,平静得如同蓝得透明,没有杂质的天空,让整个世界的喧嚣霎时停顿下来,也在我的心上抽起响亮的一鞭。

我站在那里,站在我们各自的命运里,站在内心深处对这位妈妈深深的无言的致敬里,转身牢牢抓住了我孩子的手,努力对他绽出一个微笑。那一刻,我想,从今以后,我该永远安于,并且感恩命运给予自己的一切。

在这悲情又欢喜的世界

没有永远。幸好没有。

对生活的需索越多，说明她越贫穷。对生活的需索越少，说明她越富有。她总在不停地买买买，以消费能力换取自己人生的快感与对世界的占有感。如此，她真是可怜悯的。

喜欢吭哧吭哧地爬楼梯，喜欢气喘吁吁地奔跑，喜欢不吃零食保持饥饿，喜欢把朋友圈里发布内容没有营养的人屏蔽，喜欢对很多物质保持无感。喜欢简单清新，每一天，恍如重生。

终其一生，她都沉陷于自己的美艳中，不能自拔，无暇他顾。美是成就了她还是毁掉了她，很难说。

街上的车流依然川流不息，排档的夜市依然人声鼎沸，园子里的桃花樱花海棠花兀自热烈盛开，热恋的情侣依旧你侬我侬，冷战的夫妻还在继续冷战，闹钟和电话铃声依旧会突然炸响耳膜，世界永不停顿，生活永远沸腾，仿佛一切并无两样。可是一架突然失事的飞机上的二百多人，包括154位同胞，已经永远坠入黑暗。世界没有道理可言。你没有权利和它讲道理。

也许应该把眼前拥有的一切，都当作意外之喜，如此才好应对世界随时可至的荒诞与不意。以死的角度打量生，才可能活得更加瓷实。

同样的日子，搁在一年的最后和最初，好像就分外金贵了，让人有了种种的算计和期待。其实日子还是那样的日子。可是年，总会让人生出鼓鼓胀胀的心思，怪羞涩的。

他说，我最不爱过年，因为过年要给很多从不联系的人发送或回复短信祝福，我最不爱做这个，但是又不能不做。

一年的最后时光，就这样葬送出去。我们的人生要有多少献给敷衍，献给浮泛。

害怕听那些不真实，或不尽真实的漂亮话。那种话里修辞太多，让人害羞。在某些会议上，有人的发言成了一种修辞竞赛。这时候，反修辞或不修辞才是最高表达。

畏惧一切需要发言的公众场合。感觉那是很需要修辞，需要虚饰，需要自我装点的。如何把废话说得油光水滑，把空话说得珠圆玉润，把大话说得含蓄腼腆，很见功力。

有时候，不是不能说那么漂亮，而是懒得说那么漂亮，不好意思说那么漂亮。这也是病？不治之症。

在一个不真诚的，装模作样的氛围里，表现真诚，是否有点浪费？只是觉得，不真诚比真诚更累。隔靴搔痒的做作，云遮雾罩的瞎扯，算了吧，懒得不真诚。

幸福只是某一瞬间的感受，而不可能是持续的巅峰状态。从这个意义来说，幸福确实只是一种传说。真味只是淡，至人只是常。

他原以为他的生活，有钱了就好了。有钱，是他的希望与安慰。当他终于接近有钱的时候，却发现一个可怕的事实是，人生好像更加无聊。不习惯任何精神消费与精神生产的人生，一切都是空洞。人生最可怕的事，是没有什么足以安慰。有钱没钱，你都一样地贫穷。

比公主病更可笑的，大概是少女病。一把年纪了还怀揣颗少女心。装清纯，装单纯，装不谙世事，装不晓人情世故，装不问柴米油盐。装，或果真如此。沉陷于不落地的生活，还自以为文艺和脱俗。还觉得世上一定有一个懂她爱她的男人为她承担现实的一切。她只需在少女的春秋大梦中永不醒来。——你，少女病了吗？

我眼里的富人有两种：一是有很多时间的人，时间大都能归自己支配；一是富有创造力的人。不符合这两条的，都是穷鬼。

我是自己眼中最大的穷鬼。

快感。你要时时找到生命的快感。比如成功地做好一件事，完成一件棘手的难题，感受人生之美好，得到你看重的爱。没有快感的人生是不可想象的。肉体快感与精神快感，缺一不可。

你要放大你的骄傲，就像你要深化你的自卑。

他说，我是草根。

我说，在上帝面前，没有谁不是草根。在最终的结局面前，每个人都是草根，都将归于尘土。所以，就坚守一棵草根的韧性与无谓吧。

第三辑
原谅我永远天真

身体细节,也是精神意味

1

17岁时住校。

那是20世纪90年代初,学校是位于一个内陆小城市的农业中专,不时尚,不现代,像日常生活本身一样灰扑扑的,好像那里发生的一切都不会超出人的想象。学生绝大多数来自农村,大家都来自同一个省,说着家乡话,带着各自出处的风土气息。这个省的东西南北方言,发音差别不小,但是哪怕影响交流,也没什么人说普通话。好像抛却家乡话选择普通话是令人羞涩的事。

只有一个女生例外。

那个女生长得黑瘦,娇弱,梳着齐刘海的披肩发,戴着眼镜,显得很斯文。她的普通话发音轻软柔媚,脆脆的,很好听。一口普通话模糊了她的出生地,好像她来自一个截然不同、让人无从想象的地方,那个地方文艺优雅。她的发音,使她凭空显得高贵神秘了许多,仿佛她是另外一种物种。

她的男朋友很帅,五官好看,身材颀长又挺拔。两个人一起出现时，能让人感觉出来她是被照顾、被娇宠的那一个，男朋友对她百依百顺，一副守护神的样子。校园里经常能看到她坐在他自行车后座上，风吹起她的长发，发梢从她肩上飘起来，在空中划起一道弧线。那条弧线撩动着我们的视线，是校园里动人的一景。

有个周末的晚上，我在水房里洗衣服，她和她男友也在。尽管有水流的哗哗声，也还是能听到他们两人喁喁私语的对话声。她吐出来的普通话轻脆软糯，像是带着缓慢的水汽，在水房里升起，与欢快的水流声一起，有着音乐般的质地。两人拿着一个红色塑料盆接水，接满之后她男友把盆放在地上，挽起裤脚放进去一只脚，用手撩水去洗，洗了这只再洗那只。洗完之后，他把水倒掉，又重新给她接了一盆。他扶着她，她弯腰脱鞋，在把一只脚放进盆里之前，在空中悬空了一下，抬头问他："你的脚，没有脚气吧？"

她的男友没有回答。也可能是因为水声，他没有听清。也可能是这样的问题让他吃惊，他不想回答？

她又问了一遍："你的脚没有脚气吧？"

我听到他男友说没有。

之后便是她把脚放进去，撩水洗脚的水声了。

他们两个没有再说话。

这个问题让我的感觉颇受打击。让我对她的想象和好感，噗的一下撒了气。

她怎么会问这种问题呢？他们的爱情里怎么会容得下脚气呢？她那个样子的男友，怎么都不该是让人联想起有脚气的人啊。爱情，不该是让人忘怀一切，只能感受到美好和爱，再也装不下其他的吗？

我为她的男友感到难过。

我对她的爱情的品质，也感觉质疑了。

水龙头的水继续流着，流到盆里冲洗着衣服，然后跌落到水槽里，哗哗地响，令人伤感。

她那个问题有没有影响他们爱情的质地，我不知道。他们的爱情有没有善终，我也不得而知。

也许因为那时太年轻，受不了在爱情里还有这样的疑问。

如果在现在这个饱经世事之后的年纪呢，可能，才可以自然地自嘲地，带点娱乐精神地面对它，不会为这样的问题附上太多疑问。

2

年轻的时候，总是容易忽视身体，漠视身体，身体被缩减，被压迫。甚至在心里，没有身体的位置，却会让内心感觉大过天般地漫漶无边。

年轻时，那种放大身体，听任和表现身体欲望的行为，会让我感觉害羞、紧张，有耻感。那时一直不能正视自己的身体，甚至不能接受自己的肉身。在内心意识里，身体像是一具不知轻重，不知荣辱，不知尊卑的肉身，恨不能离它越远越好。

成人之后，随着年岁渐增，对身体逐渐麻木、无感，耻感降低，接受了它的现实指向性，它的隐秘的欲求。有句话说，七十岁长得美丑一个样，八十岁男人女人一个样，道出了随着年纪增长，人对待身体态度的变化。

　　人到中年，很多人对自己的放弃，是从放弃自己的身体开始的。一身赘肉的中年男人，人没到肚子先到，皮带浑欲不胜扎的样子，肚子腆得像倒扣着一口大锅，暴露着他对自己的失守。中老年妇女呢，以身上那些松松垮垮的肉，硕大的腰围，长成一只游泳圈的腰肢，诉说着她对自己身体的无力和对这个世界的撤退。有的人呢，表情粗疏，满脸油光，与人说话时忽然而起的不加掩饰的呵欠，甚至身体里不加拘束释放出来的气体与声响，都让人无法把他们与那个多年前身体紧绷，笑起来会掩口的青涩少年联系在一起。流淌的岁月让有的人全面地松懈了自己。开始是身体，然后是精神的溃败。就像是不会再有惊喜，没有盼头的人生。

　　那些松懈与衰败，是从一个又一个身体细节开始的。

　　生活在农村或小城镇的有些女人，这种身体的嬗变尤为明显。订婚出嫁前，她们身上带着淳厚的羞涩感，满满的处子意识与神态，低眉敛首欲语脸先红，有着动作幅度很小的轻盈，嫩生，柔软，与娇弱感，像世界刚开始的时候。但是很快，结婚几年过后再来看，变化之大令人伤感。饱满的胸脯在哺乳之后松弛下垂，更加松弛下垂的是她们的表情。在院子里跳起脚来骂人，一嘴粗话说得毫无遮掩，吵起架来乒乒乓乓摔摔掼掼。是与丈夫关系的裂隙而产生的怨怼，婆媳关系相处的艰难而带来的水深火热，还是庄稼地里令人疲累的生活琐碎，让她们在日复一日岁月的消磨中身心俱变？那另一种风格的身体细节，揭示了她们的生活真相，暴露了她们的生活质量。

害羞，脸红，手足无措，是年轻和涉事未深的表征，也常常是真情流露的表现，都是动人的身体景象。多年以后，你发现你很难再脸红羞涩，心跳加速了，再也不会身体紧绷了。一个无能为力，大势已去的丧失。你松弛的脸，松垮下来的身体，诉说了你历经的一切。

3

17岁时，班里有一个让我脸红心跳的男生。他是班里的文娱委员，歌唱得像歌星一样酷，还会吹一口好口琴。班里的晚会，他都是主持人。他的言行举止，所有的身体语言都在诠释着当时刚流行起来的一个词：潇洒。相对于他的年龄，他过早地拥有了成年人才可能拥有的成熟自如的身姿和神态。哪怕是在众目睽睽的公众场合，他的每一个动作也都收放自如，散发着自信的光芒，有着对一切驾轻就熟的掌控感。

其实他只大我两岁。可是那种成熟与老练程度，像是长我二十年。

那时的我很为这样的表现吸引。在那样一个情窦初开、笨拙紧张的少女时代，我一直是不自信的，身心都是左支右绌。

有的人很早就取得了身体的自如感。有的呢，年纪很大了，也还是迟迟没能获得。笨拙的身体、不够协调的动作，很容易暴露其内心世界，甚至影响这个人说出的话，声音和语调。而我，一直就是这样的人。

文娱委员在公共场合的自如与自信，能量与光彩，使他显得不同凡响。那或许是一种天然的领导能力与中心意识。有的人天然就是中心。

在这样的人面前，我只能感觉自己的低微与黯淡。

偶尔会和他四目交错，眼神交集。那一刻，浑身燃烧，又有一种飞蛾扑火般的刺激感。很多次四目交接的回合下来后，他来到我的座位边坐下，和我聊天。我不好意思看他的脸，但能感觉到自己整个人一举一动都笼罩在他的目光中，什么都无法逃脱。这一点，也让人感觉既紧张，又新鲜。

他一而再再而三地坐到我的座位边，和我漫无边际地闲聊，自然在班里引起风言风语，说我们在谈恋爱。周末，他确实约过我看电影、去公园玩，我一概拒绝。因为在他面前，我什么都放不开，完全无法行为自如。我害怕暴露自己的笨拙。对我而言，看电影、逛公园那些事，确实也都是谈恋爱的内容。我自欺欺人地认为，只要不和他做那些恋人们才会去做的事情，我们就不算是谈恋爱，我就还能坚守住自己内心的那份纯洁。何况那些内容让我感觉庸俗，而我只想做一个"脱俗"的人。我只乐意和他去河边散步，聊聊天，当然主要是他说我听。直到夜幕降临，月亮升起来的时候，我们在河边的草地上坐下来，看着晶亮的河水讲我们的过去、现在与未来。

有一次，在学校附近的一个岔路口，我坚持继续去河边，他坚持带我去看电影。我说："要是看电影那你一个人去吧，我要回寝室了。"他"氓之蚩蚩"地说："你去哪儿，我都要跟你屁股后头。"

他脱口而出的那个词烫着了我，某些感觉碎裂。"屁股"这个词，居然被他轻而易举、一无所感地吐出来，像是一座大山，骤然横亘在我们之间。我忽然感觉，他不会是我想要的那个人。

不用这个词，也完全可以表达清楚意思啊。可是它突然被撬起，突兀在两个人之间，简直就是对女生内心的一个重大打击。

多么脆弱和矫情。

但是在那个年龄，就是那么地不能正视身体，不能正视很多的身体事件。

4

12岁时的一个早上，姐姐洗脸时忽然腹急。那时我家住平房，去厕所需要去公共厕所，所以姐姐只能暂时忍着，她双腿扭曲，继而弯腰把身体扭成了麻花，似乎那样可以缓解内急。那种身体动作把我笑坏了。爸爸进来时，我就把刚才姐姐的动作学给他看，姐姐窘得对我直翻白眼。姐姐长我六岁，她一定觉得，这是无法和作为异性的父亲分享的身体秘密。

十四五岁时，开始有了朦胧的身体觉醒。面对父亲时，或者一家人坐在一起吃饭说笑时，忽然会感觉不适，需要经常面对一阵阵的羞耻感的压迫。

面对讲台上课讲得很好的班主任时，面对年轻帅气的英语老师时，都会如此。为某个突然闪现在内心的某个小念头而备觉羞耻，难耐，绝望地感受到自己的不洁。以为别人都不会是那样的。只有自己，才会生起那些突然闪念的不好的念头，令人难耐不安又彷徨。

后来看一些西方的电影，发现西方人哪怕是在最为青涩的少年时期，也能自然平和地面对自己的身体和内心欲望，与真实的身心握手言欢。他们坦然地面对自己的身体欲求，就像面对自然。看文艺复兴时期之后的那些画作，表现人体之美，展现人体的美与光辉的作品何其多。米开朗琪罗、拉斐尔、波提切利、提香、安格尔，他们的作品里，无不凸显人体之美，表达着对肉体的推崇与热爱。

但是我们的青春成长期差不多都要历经长长的身体的蒙昧挣扎期，和认识上的黑暗期。身体是作为精神的异物与对立面存在的。这一定是和小时候我们得到的对身体的教育与认识有关。与身体相关的，大都是羞的，不能被谈论的。身体、身体的需求，都会让人有耻感，罪感。

读初中时，每到夏天来临，从来不愿意也不敢成为班里第一个穿裙子的人。必须把自己的身体紧紧地禁锢遮掩起来，才有安全感。直到好几个女生约好，第二天一起穿裙子，才小心翼翼地穿起来。

直到人至中年，才能坦然面对身体，面对身体的一切欲求。"自然而然"，是在历经很多身体的不自然之后，才慢慢获得的。

5

世界上有三种性别：男人，女人，女博士。这是流传甚广的关于女博士的一种说法，透着相当的促狭。

我的博士女友越越，可能就是世人眼中的第三种性别。她博士毕业工作多年了，还没有结婚，没有男友也没有男性朋友。长得不好看不是她的错，但却需要她承担其后果。

读研时，我们寝室住四个人，每到深夜，当除越越之外的我们三个躺在床上谈论一些八卦，有时也会讲述小说里看到的情色情节，开一些无忌的玩笑聊解身心的苦闷时，越越已经酣然入睡。想来是没有心事，又从不思春的缘故，她的睡眠好得不像话。每天早上，当我们永远起不来也赶不上食堂的早饭时，她却早早地起床去操场跑步，然后去食堂买了早饭回来。我总是在她端着一个大瓷碗喝玉米糁儿的声音中醒来，看着她晨光中的背影发一会儿呆。

每天上午，当我们出门之前，在钉在墙上的那面大镜子前一再流连，甚至周转不开时，她却早已背着大书包去教室了。她好像从来不照镜子的，我从没见过她站在镜子前打量自己。也许，连她自己都不愿意细细体察自己。对她来说，那应该是一件最无意义的事——既然不能悦人，当然也无法悦己，她不需要与镜子中的自己狭路相逢。

后来她工作了，有了自己的房子，我去看她，发现她的屋子里还是连一面镜子也没有。我相信，一个屋子里没有镜子的女人，也真是奇女子了，世上难找第二个。

和人说话，特别是与异性说话时，她总是眼睑下垂，或者滑向别处，几乎不与对方做眼神交流。眉目传情，眼波流转，一定是她从未体味过的事，何况她还是800度的高度近视。

她身上几乎没有任何女性色彩，从小至大都没留过长发，连皮筋、发卡、发带之类的东西都没用过，也从不穿高跟鞋。蕾丝、流苏、首饰之类的东西更是与她无缘。她和我说过，如果下辈子可以选择，她一定会选择做男人。

都说性格决定命运，那么又是什么决定性格呢？可能，主要就是长相吧。长相会很大程度地参与决定一个人性格的建构，至少，性格在很大程度上是受制于长相的。比如长得漂亮的，一般都会性情放松，有自信，自我感觉较好，会因漂亮而生心理上的优越感。而长得不好看的，大都会因内心自卑而性格隐忍，低调，谦恭。越越从不会撒娇，从不会做小女儿态，从不悲花伤月、多愁善感。她的长相以及她对自己的体认，让她只能是坚硬的，尘封的，木讷的，没有色彩的，中性化的。

与生俱来的长相，就是这样塑造着我们的身心。

于女人来说，美丽与可爱，也往往互为因果。一个美丽的人，往往自我意识更强，时时能感受到自己的美丽给别人和自己带来的巨大愉悦，于是她会加倍发展自己的可爱之处：她的装扮、她的举手投足一颦一笑，都会充满风情。而不美丽的女人，常会因为深切的自卑而放弃了让自己可爱的权利，所以她的表现常常是僵硬的，一潭死水故步自封。美丽与可爱，就是这样互为表里，互为因果。

往往，一个再有才华的女人，如果不美丽，内心也还是卑怯的。就像往往一个再有才华的男人，如果没有钱，也还是虚弱的一样。这是世界的势利，加诸我们身心的投影。需要异常强大的内心，才有可能挣脱。

越越没有谈过真正的恋爱。只有过一次热烈的网恋，见面之后很快见光死。从此她变得更加灰头土脸，更加第三性了。

后来我建议她参加一个交友网站，把自己的资料传上去，也可增加点交友的渠道。她不抱任何幻想地注册了。在她填写的"个人独白"里，她写了这样一段话，大意是：

> 香港导演黄真真说过：只有当一个有过五十个以上性伴的男人和我恋爱，我才会真的相信他。因为只有经历了足够多的性，当性对他已不再带来新鲜和好奇之后，他说爱我才是真正地爱我。

身体蒙昧的越越故意引用这段话，好像有点恶搞的意思。很多看过她资料的男人，都把她当作可以滥性的对象，以为她是个有着丰富性经历的人，给她写来赤裸裸的信，都被她扫一眼就删掉了。

谁能想到，一个引用这段惊世骇俗的言论的人，却是一个处女博士呢。

6

  曾经，对一个未竟的拥抱耿耿于怀。

  读书时读过他的很多文章，感觉惊艳。后来工作了，因工作需要和他有了工作往来。通过多封邮件，见过面，彼此很有好感。或许，对对方也都有点想法。有一点想法，却又不会深入，也无法深入的想法。因为现实，因为矜持，因为一切的未知与茫然。

  我们天各一方。很多时候，也会想起对方。那种缥缥缈缈，无从着落，又细密如丝的想念，却并不联络。或许是因为，把某些东西看得太重，所以绝不轻易联系。世事太轻，我们经不起那种联络的重量。

  所以，两个人之间的很多东西都飘在空中，上不去，也下不来。于是很多眼神，很多对话，很多举止，都有了似有还无的意味。那些无从言说的细枝末节，一点点沉积在内心。也许有一天会倏然爆破，也许。当然，更大的可能，是就那样永远地静默如山，我们可以佯装无知。

  有一次，因为一个偶然，我们再次相聚，在一起密切接触了几天。玩也玩了，笑也笑了，闹也闹了，与很多的人在一起。人多，是一种很好的遮蔽。屏蔽了很多暧昧，掩盖了很多意味深长。一切都光明正大，堂而皇之。一切都清楚明白，经得起推敲。

  这似乎正是两个人想要的。又似乎，并不是彼此想要的。

并不想对生活更贪心。什么都没有发生,又有什么不好呢。每一分钟,再好或者再不好,都会逝去。而我们还安然地站在原地,这挺好的,还可以有未来。一切还可以继续。哪怕,是一个并无期待的未来。

　　几天的相聚很快过去。在机场送别时,本想与他结结实实地拥抱一下的,一个实实在在的拥抱。感受彼此一刹那体温的交融,一瞬间肌肤的密触,一秒钟内心的点燃,一时间灵魂的交际。一个不是放纵的放纵。我很想这样。握手时的那一瞬间,两人却都犹疑了一下,一个软弱的犹疑。彼此似乎都在期待,期待对方的主动,只准备迎接对方率先张开的双臂。两个人的眼睛里,有东西闪闪发亮,却又即刻归于平静,归于正常,以一种貌似并无期待的样子,所以两只握着的手瞬间分开。虽然那一刻的内心有些沸腾,蠢蠢欲动,情绪的热度却没能跟上来。我害羞,他矜持,眨眼之间,空气熄灭,拥抱便无从接续,两人的身体重又回归原来的位置。一个想象中陷入彼此怀抱的热烈,转眼成空。看着他远去的背影,我的嘴唇差点咬破了。这该死的矜持,为什么总是表现成自己的反面呢。本可以大大方方、热热烈烈地上前与他拥抱的,以一种大大咧咧满不在乎的劲头,表达那个秘而不宣的真情与深意。

　　可是,真心,真意,真情,总是让人害羞。以至于,我们无法表达自己。反倒,与那些没有交付、没有投入的关系的人,你可以有恃无恐、没心没肺地表达。你驾轻就熟地与那些人假装暧昧,故作深情,亲密无间。没有感觉地拥抱,没有障碍地形体亲密。一个拥抱,算得了什么呢。初次见面的人,或将要告别的人，来个大大的拥抱，并不附庸任何的意义与情结，转身即忘。可是我们，竟然连一个这样的拥抱都不能够。

那个未竟的拥抱，绞痛了彼此的心。

7

常常，我们的表现背离自己的身体，或者，我们的身体行为背离我们内心的真实。它们如此分裂。有时，是我们的身体背叛内心，决意走向自己的喜好。有时，是我们用理性死死困厄住自己的身体。

一个放大的膨胀的身体，令人害怕。听有些人说话、她描述的事情，只能感觉到她的身体性，而毫无精神性，仿佛她的身体是一座火山，热烈燃烧，能量澎湃，而她的精神，永远沉睡。令人难耐。但是有的人，即使她在说些某些物质层面的东西，她的描述也充满着精神意味，那里的精神光辉令人沉浸，而且令人着迷。

身体是精神的载体，是灵魂的流露与曝光之地。如果身体不能显示内心的折光与精神的火焰，那它就与一尊动物的身体差别不大。

8

二三十年前，人们唯恐表现出性感，习惯于把身体约束起来。现在呢，则是唯恐不性感。身体被最大可能地解放出来，种种身体语言呼之欲出。

中国人历来以含蓄为美，古有"单衫杏子红，双鬟鸦雏色""栏杆十二曲，垂手明如玉"的婉约性感，有"蹴罢秋千，起来慵整纤纤手""和羞走，倚门回首，却把青梅嗅"的风情，有"轻拢慢捻抹复挑，未成曲调先有情"的含蓄婉转，诉诸才艺的性感。还有一种，我以为是最销魂的性感，是人的精神气度与人生态度。像苏东坡那样的，当被贬黄州仕途落魄，依然还能找到生活乐趣，精神不倒，"慢着火，少着水，火候足时它自美"地烹制苏氏红烧肉。在窘困的环境条件下依然能打理好自己的身心，自得其乐，那种表现，真是性感。

为中国历史贡献了一个好的身体细节的，还有秦相李斯。《史记》记载：李斯被赵高陷害，遭满门抄斩，夷灭三族，临刑前看到自己最心爱的幼子也在待斩之列，凄然道：我还想和你再一次牵着大黄狗，一起去东门追兔子，哪还有机会啊？（"吾欲与若复牵黄犬俱出上蔡东门逐狡兔，岂可得乎！"）——这样的临终感言，可能是一个被迫害至死的仕途中人，所能说出的最耐人寻味、最有痛感的话吧。多次在这句话里怀想，一代名相说这话时的音容，体态和内心况味。这真是一个文学家的语言。

　　好的话语，好的文字，总会披露它们背后的身体细节，让那个人从中站立起来，神态丰异，灵动可触。

　　我有个女友，性格大大咧咧的。她有个本事是对她见到的异性，不管其地位多高，样子多么持重谨严，她都能在几分钟的交谈间就让其褪去伪饰，露出本色，穿越生分的距离感。这种本领说来奇妙，它或许是在某个正襟危坐的场合，她一时兴起开起一个玩笑，或许是在人人装腔作势的饭局中，她无意中讲起的一个生猛段子，或者是她自曝糗事，讲起自己历经的某段不甚光彩的往事，把众人逗得没形没边。那是一个风景无限却没有栅栏的女人。她好像常常是在以豪放伪饰细腻，用粗犷隐藏优雅，以彪悍掩盖温柔。那种不经意的嬉皮性感，总能让异性眼前一亮，仿佛随时可以和她建立起亲密关系。而她只要乐意，总能迅速推进与对方的关系，女神一样无往而不胜。

　　她是我们眼里最性感的女人。

　　身体细节不仅释放身体语言，也是一种精神意味。不仅是一种风格，也是一种智慧。最宜人的身体细节与相貌无关，不过是对自己的最好流露与展示，是对世事的掌控能力，是对自我的观照，是对世界的深沉理解和恰切对接，是于人于事恰到好处的分寸感与距离感，是充分而不过度的自我意识，是理性与感性的美好交融，是嬉皮与雅皮的恰当比例。

为什么我们不能成为世界上最亲近的人

1

多年前，哥哥结婚时新房布置在父母家里。当时的风俗是在夜里零点举行婚礼。新婚之夜，送走客人，打扫完屋里的瓜皮果屑已是子夜两点多了，室内点燃着的两支粗大的红烛还在诉说着这个夜晚的热烈与喜庆。妈妈在楼上叫我哥去她的房间，和她把账算一下。

新进门的嫂子没听明白她的婆婆说什么，哥哥也很不情愿在洞房花烛夜这个节骨眼儿去配合妈妈做这事。但是妈妈还是在楼上一声声地唤他，让他马上去和她分礼金。她是要把亲戚们给的与我哥嫂这边的朋友同学送的，划出来交割清楚。她性子急，数钱于她又是平生最快慰的事，所以她根本等不得第二天，好像第二天钱就会飞走一样。

我们都知道妈的脾气违拗不得，她想做的事等不得一秒钟，所以哥哥只能撇下新婚之夜的新娘，上楼配合妈算钱去了。

这件事一定程度上影响了哥哥嫂子新婚之夜的色彩。尤其是我嫂子，她刚刚踏入这个家门，正享受洞房春宵之时，新郎却被叫去算账，这个良宵算是被毁了。何况都是一家人，钱放在谁手上不一样呢。这个事让她感觉非常不可理喻。

多年以后，嫂子偶然和我又说起这事，我能感受到她那个夜晚的破灭。我只能无语，失笑，瞬间陷入作为这种家庭的一员的局促、难堪，与自卑。

是的，自卑。自己家庭的氛围不够好，比如粗野，失和，缺乏尊严感与被尊重感，致使这个家庭的孩子感觉自卑。

没错，我妈是个彻底的物质主义者。她所能感知的，只有物质与实利，别的都进不到她心里去。一个缺乏精神性的人。一个不能让人感受到她的精神性存在与精神光辉的人，令人难耐。哪怕我们该是世界上最亲近的人。

2

16岁时，我在离家千里之外的地方读书。妈搭别人的顺风车去看我。阔别多日之后的相见自然高兴。我带妈和同来的人去学校附近的卧龙岗玩。妈穿着一身藏蓝色的很修身的罗蒙西装，看起来尊贵考究。那时刚流行穿西装，妈一生爱美，永远都打扮得时髦漂亮。遇到卖饮料的摊点，我要求买一盒葡萄汁喝，妈满口答应。一块四一盒的饮料，妈还价一块三。对方说不还价。妈坚持还，对方坚持不松口。双方的脸色都变得难看了。妈的脸上也马上因为不快而变形。这情形让我感觉痛心又丢脸。以我家的情况，何至于在乎那一毛钱呢。还价倒也没什么，但是为了锱铢之利弄坏了自己的心情，那又何必。我在心里失望到了极点，顿觉她那身罗蒙西装扎眼而可笑。

那时我还太年轻，觉得与自己有关的一切都应该是美好的，我们应该努力表现美好，这简直就是生活的第一要义。可是妈妈那么轻易就把事情弄糟，破坏了一切。我永远无法和她就这样的事情交流，因为我知道，在这样的事情上她永远无法改变。

暑假的早上，我陪妈买菜，看到她居然会为一分钱的事和别人翻脸。买的辣椒已经称好倒在她的菜篮里了，算账时因为一分钱的四舍五入问题，对方要收这一分钱，她坚持说应该减掉。两人谈不拢，她马上勃然变色，一把把菜篮扣过来，通通倒回去，辣椒滚得满地都是。

一个好端端的清晨被败坏了，真是要命的一分钱。其实她每天多买回的菜，因吃不完而倒掉浪费的都不知有多少个一分钱。

我永远无法让妈妈懂得感觉受损、内心受损，才是最大的受损。也许，这只是我的价值观，而不会是她的。我无法改变她。和妈在一起，我所能体会的就是，她只会一再地永不停歇地把你的感觉败坏掉。

妈的这些表现都让我们感觉难耐，无法在内心尊重她。在我长大成人走上社会之后，甚至，也无法爱戴她。

她的一生都活得辛苦而计较。在她人到中年、生活并不缺钱时，依然活得辛苦劳碌。活了一辈子，到头来还是芝麻大的事都不能放下，最后压垮的是她自己。她让自己的一生，都在大大小小无端的气恼中度过，没有身心舒展的能力。

妈不善良吗？她自认为自己很善良，心肠软，对人热情厚道。这或许不假。她也常会主动对人示好。家属院里有户人家的老太太，儿孙很少回来看望她、照顾她，妈给她送去过几次鸡汤。但是，她性情强悍暴烈，控制欲强，习惯对所有的事情指手画脚。对于一个屋檐下的人，或者和她共事中的人，只要对方和她意见不一致，或者成为她哪怕很小一件事的障碍，她都会马上翻脸，水火不容。和家里的人，不论大事小事起争执，最后如果不让她占上风，那件事就没完。

可以想象，妈妈这样的脾气，我们家不可能和睦。小时候我们经常挨打，挨骂更是家常便饭。家里经常叮里咣当，很少有适意的氛围，总是很容易就争吵起来，火星四溅。每个人都习惯于说狠话、重话、凶话，因为说轻了起不到任何作用，到最后说重了也不起作用，谁也不听谁的，只会比拼对谁的伤害更重。伤到最后，彼此麻木。

在经常被打骂的家庭氛围中长大，使我不习惯温柔，甚至也不太信奉温柔的表现。只有温柔的内心，才能感受温存的世界。可是，温柔离我们很远。

不知是先天还是后天缺陷，在我们看来，妈对一切精神事物都是排斥的，或者粗暴忽略。她有眩晕症，容易头晕。但她是选择性的晕。逛街逛商场，跳广场舞，一连三四个小时也不累不晕；但是看书看报纸，不到十分钟她就说头晕。她的精力与注意力，关注不了任何与吃穿无关的事物。我们总是会想，她为何不能像别的母亲那样贤惠，那样温柔，那样明事理，那样说话节制，那样处事有水平……血肉情缘，其实也需要精神的支撑。否则，连血肉情意也显得被动而可疑。于我，爱一个人，必得首先能爱上他的内心世界。他所能让我感受到的内心世界，必得能打动我、赢得我，爱才成为可能。否则，爱便是无源之水、无根之木。

对自己的孩子，对待父母，应该是无条件地去爱吧。从理论和道义上是这样。道义上的必须爱与情感上的无法爱，成为两难。与妈妈的关系，难亲又难疏。这真是巨大的考验。

这也着实令人尴尬而不适。

3

没有谁能没有秘密，完全透明地活着。享有自我的秘密是心灵必要的外衣。内心秘密，也是人之为人必要的自我享餍。但是妈妈对孩子对她丈夫的要求是，不应该有任何秘密，要绝对坦白。所有的领地都该让她知晓，她都有权利长驱直入，我们的一切都该在她的检视之下。虽然，她自己都不可能做到这样。她比我们有更多的秘密与谎言。

13岁那年我读初三，周末的一个夜晚，我趴在自己房间的书桌上写日记。日记本是好朋友送我的生日礼物，一个很漂亮的软皮本。我开始主动愿意写日记。有记下自己心迹的自觉，就是从拥有这个日记本开始的。正写时妈突然推门进来。面对不知道敲门，也不可能敲门的像天兵天将一样突然现身的妈妈，我飞快地把日记本合上往抽屉里塞。那个年纪的我已经有了保护自己隐私的权利意识，但是到底是孩子，不善伪装，我的反常动作更加引起妈妈的注意。她走上来要看我在写什么。

"不行，这是日记，你不能看。"我护紧日记本大叫起来。

"屁大点的孩子，有什么见不得人的，我非要看看。"妈不由分说。

她奋力抢夺，我坚决不从，两人互不相让，都感觉自己真理在握。撕扯中我被妈妈推搡在地，头、脸和胳膊都挨了打。我们都使出了自己平生最大的蛮力，但是胳膊扭不过大腿，体力远在我之上的妈妈把日记本夺走了。我倒在地上痛哭，直至浑身冰凉，眼泪哭干。

那是我第一次历经的内心强暴。

日记里写的不过是学校里的一些琐事，诸如中考刚结束的快慰，分享到同桌的一包饼干的快乐，某个老师批评学生的措辞。妈妈看我捍卫日记本那样刚烈的态度，还以为日记里写有生怕大人知道的惊天秘密，比如早恋之类的，没想到看到的只是些鸡毛蒜皮，她不知是失望还是庆幸，悻恼地把日记本扔到我面前，鄙夷道："这有什么见不得人的。"

雪白的日记本被撕扯得皱皱巴巴，现在又被摔在地上，它被踩躏过的样子是那么丑陋肮脏，我一辈子都不想再见到它了。当我从地上爬起身，第一个念头就是：自杀。

那是我第一次想到自杀。

夜深了，熄灯后我躺在床上，睁着眼睛感受潮水一样无边的黑暗，想着如何自杀。那时我每天上学路上途经的巷子里有一口水井，我想我应该走到那个井边，扑通一声跳下去——决绝地，没有退路地，痛痛快快地跳下去。以我的死给她最致命的打击，一死了之。只有跳井才能表达我痛切的恨意，只有死才能抗争我身受的耻辱。

那晚的风很大，我躺在床上都能听到风呜呜的叫声。我第一次在该酣睡的时间没有睡去，心碎地感受一个夜晚的破碎。我听到了另一间卧室里爸妈嘈嘈切切的说话声。他们一定以为我早睡着了，他们无法想象一个孩子无法补缀的内心。

心里有个声音一直在说，我要去跳井，我要跳井，但是，身体还是躺在床上一动不动——因为害怕。漆黑的夜、呜呜叫的风声，还有黑暗中从家走到那个巷子长长的一段路，都让我恐惧，感觉没有胆量完成这些。何况我知道，当我打开院子里的木门时，那种很大的吱扭声一定会被爸妈听到，他们会把我拦下来。既感觉到只有跳井才能洗刷不堪，又深感没有足够的勇气完成跳井的决绝。巨大的绝望与屈辱感像黑夜一样覆盖了我，虚弱又膨胀的报复欲像狂风一样在内心呼啸。

第二天的太阳照常升起。一夜之间，我已由少年走向衰老。接下来的整整一个星期，我都没和妈说一句话。

那些天，一想到还要和她面对面，还要吃她做的饭、穿她洗的衣服，还要接受她目光的检阅与继往开来的关切，就感觉耻辱得不行，连呼吸都让人痛心。我只能苟且地继续在这个家生活，带着厌恶。当这种厌恶来自这世上本应与我关系最亲密、最爱我也最应该让我爱的人，尤其令人难耐。

那个夜晚的经历，剿灭了我内心的很多文艺细胞，也浇灭了我对世界的很多温柔心意与想象。我再没有在家写过日记。

第二天我把日记里有字的那几页撕下来，撕得粉碎，冲进下水道，然后把那个本子从我家后窗扔了出去。后窗外是一条人来人往的街道。我能想象它被摔在地上溅起灰尘，肮脏而又痛楚地被摔在地上的样子。

我是不是从那时开始，变成一个心事重重的少女；是不是从那时开始，难有无遮无拦的快乐，很难说清。但应该就是从那时候开始，我有了一个对家人拒不开放的世界。对于妈妈对我的管理，不仅有情感上的憎恶，更有生理上的不适。基本上，我再不能和她亲密。

这决定了一个人内心的色彩。

4

后来我家发生了一件更大的事。

妈妈在我哥房间打扫卫生时发现写字台上的墨水瓶倒了，墨汁流到了没关严的抽屉里，她打开抽屉清理时发现了里面的两封信。一封是在外地读中专的哥哥的女同学写给哥哥的，一封是他给她的回信，只写了一半，但已经满纸的热烈。妈终于捉住了自己正读高中的孩子的劲爆的秘密：他在她眼皮底下写情书，在早恋！犹如警察当场抓住一个正在行窃的贼，她从中得到了一种成就感。她看不到情书的字里行间所流露的那份刚刚发芽的稚嫩情感的美好，以及这种情感给予他们彼此的鞭策与激励。有很多家长，对于自己孩子身上的美好都是无知无觉的。她只是胜券在握地相信，十七岁的孩子早恋就是丑事，是罪孽，是大逆不道，就该遭到最严厉的谴责和声讨。

如临大敌的妈妈捏着两封信去了哥哥的女同学家，迅猛地剿灭了这一切。

事后，妈对此有着猎人捕获猎物般的完胜心理。这种心理需要扩大化，需要与人分享，所以好多亲戚甚至邻居也都知道了这事。哥哥需要面对来自多方的批判和谈心。这种巨大的压力与束缚犹如芒刺在背，哥哥后来变得消沉而焦躁，性情也变得日益顽劣和粗暴，在家一分钟都待不住，有破罐子破摔的意思。本来一心要考大学的他坚持要去当兵。

哥哥是家里的独子，之前家人亲友都很看好他的前程，都相信他确凿无疑是要考大学的。但是，在一年一度的征兵季到来时，哥哥坚持去千里之外的地方当兵。

哥哥另外一种有更好可能的人生，就此折断。

对于彼时的他来说，离开监视器般凌厉的妈妈，找到一个能盛放自己心事的地方，比什么都来得重要。就像小鸟拼命冲破牢笼，向往飞向蓝天。

我的哥哥那时候还很爱读诗的，也尝试着写过诗，还往《星星诗刊》上投过稿。他嫌自己的字体不好看，让我帮他誊写一遍。这让我感觉十分荣幸，仿佛自己的笔迹是他抵达神圣的通道。我心怀虔诚一笔一画地把他的诗抄写在方格纸上，看着他把信纸塞进牛皮纸信封里。

如果哥哥的情书没有被发现，少年的秘密被保全，哥哥很可能会成为另外一种人，有另外一种命运轨迹。他应该会在女同学的激励下考大学，就算一年考不上，还可以考两年。也许他会去异地一个大城市上大学，读他感兴趣的一个专业。然后在远方的城市工作，意气风发。他会和他心爱的姑娘历经种种奋斗后生活在一起，一起酿造生活的蜜糖。他不会属于这个小县城，天天和妈妈脸红脖子粗地暴烈争吵，互相伤害，经常能把对方气个半死，过着那种黏鼻涕一样无法甩掉的生活……

如果不是那几滴流到抽屉里的墨水，是不是一切会是那样的？我不敢想。

哥哥最后成为另外一种人。他当了两年多的兵回来，又回到妈妈眼皮底下生活。家人为他安排了一份不错的工作。作为独子，家里应有尽有都是他可享受的，有人介绍县城最漂亮的姑娘做了他的女朋友，但是他依然不快乐。我们眼里的他性情暴烈急躁，做事没长性，爱撒谎，有几年还经常赌博。

一个在自己成长过程中无法感受和领略美好的人，他也无法制造美好。我想，大抵如此。

这么说或许残酷。妈妈一定死都不会相信这一切经由她的手，让孩子成为这样。她是无意识的。或许我们每个人，对于自己说过的话、做过的事，大都是无意识的。

一切都是那么无辜。

后来看到台湾作家刘墉在书里写道，在他孩子十六七岁的时候，他每次回家上楼梯的时候，都会故意发出很大声，想让楼上的孩子听见。这样孩子如果正在做什么不想让父母知道的事，可以早做准备。

这个细节让我很受震动，怔忡良久。原来，做人还有这么一番挺括自在的天地。他的孩子心里该有多松弛，多完好？

温饱问题解决之后，决定一个家的质量的是彼此关系的融洽程度，是家庭氛围。可是妈妈对我们惯有的"抓现形"心理，毁坏彼此感觉的能力，让我们成为彼此的地狱。

于她而言，这当然是为我们好。我们想拥有自己的世界，难以肩负起那些秘密的重量，却又千方百计地护卫。我们要承受在她眼里作奸犯科般的那种犯罪感与不洁感。于是逆反、撒谎、阳奉阴违，成了我们的必然选择。在那些密布的谎言与对抗中，我们感受到捍卫自我意志与忤逆的快意。这样的结果，是事后被妈发现之后对我们更重的责骂与更深的不信赖，然后造成我们更多的不以为意和斗争反抗。如此，恶性循环。

妈妈不爱我们吗？当然不是。她像世上绝大多数妈妈一样，为我们的家，为她的三个孩子操碎了心，奉献了她所能奉献的一切。她对我们生活上照料的精细程度，应该还超出了大多数妈妈。但是她爱的能力、爱的智慧与技巧，几乎没有。精神上的伤害是更大的无形的暴力，她对此无知无觉。我们只能在不被尊重，彼此敌视和设防的氛围里，内心阴郁地长大。

我们的性格、看待世界的眼光、对待他人的方式就此形成，并给后来的人生埋下伏笔。

5

从我上小学时开始,只要有同学来找我玩,不管男生还是女生,一个还是几个,妈妈几乎从不能容忍我和同学待在我自己的房间。我为争得这样的自由抗争过、吵闹过,但都没有用。妈以她做家长压倒一切的权威,永远比我更强悍更有理。十六七岁之后,在我觉得自己已经长大成人,理应有自己的空间时,在妈妈那里依然行不通。

每逢寒暑假,有同学来找我,我们在我房间聊天时,妈妈不是推开门,客气而不容推辞地说,到客厅坐吧,客厅光线好空气好;要么就是直接说,不用关门啊,关门空气不好;要么就是大呼小叫地时不时喊我,要我帮她做点纯属举手之劳的事情。她是要我的一切,都晾晒在她的目光所及之下。对男同学就更不用说了,她会满面笑容貌似热情地询问对方的姓名年龄、家庭住址、父母职业……各种打探。在这样的环境中,我还能和同学聊些什么呢?每一分钟都有被打断的可能,每一句话都伴随着热闹繁复的背景音。如果我们也说了点什么,也大都是支离破碎,鹑衣百结。

那个年纪也开始有了彼此感觉不错、开始心生微妙的男同学。当我们小心翼翼地坐在一起,温柔地说笑,一切还都纤弱生脆、颤颤巍巍、缓慢生长的时候,总会遭遇妈妈那股烈火,犹如一簇小草被铁蹄碾过,奄奄一息,再也无力生长。

有次有个我很看重和心仪的男同学来我家，他的祖宗八代、前世今生都被妈妈打探访问了一遍，我怎样的明示暗示都阻挡不了她旺盛的求知欲。这让我感觉像没穿衣服一样丢脸。男同学走后，我和她大吵了一架，然后躲在卫生间里哭。水管被我开得很大，水声淹没了一切，妈不会听见我的哭声，正如她无法知晓我的痛楚与愤怒。

后来这种事多了，我连和她吵架抗争的力气都没有了。吵也没用，只有奉陪。我只有眼睁睁地等着看自己的笑话好了。

当我渐渐长大，感受到了身体的存在与变化时，我宁愿在妈面前扮演一个没有身体的人。

来了女孩子的初潮时，因为内裤留下的痕迹，妈发现了。她问我是不是来了，我点头承认。与她共同面对这个，心里别扭得像爬满虱子。晚上我做作业时被她叫到她卧室，她把卫生纸放在床上教我如何折好如何安放，那时还没有卫生巾，又告诉我一般都是多长时间，这期间的注意事项等。我感到万分难堪。我根本无法与她面对这些，宁愿自己懵懂无知，宁愿自己去瞎摸索。

之前我的女同桌与我谈起过这些。她比我大半岁，比我先来几个月。一天放学后，她与我坐在双杠上说话时，说得又吞吐又委婉，老是问我来过没有，我说什么来过没有。她说就是那个。我说哪个。她说，就是那个。"你见过女同学在厕所里……身上换那个……纸吗？"我说见过。她说："我现在……也是了。你有过吗？"我说没有。然后她停在双杠旁的自行车因为没扎稳而突然倒了，她跳下来俯身去扶起她的车子，哭了。大概是因为她要一个人面对身体里的那个孤单无助。她的眼泪让我也很恐慌。我永远地记住了那个下午。

当我自己的"那个"终于也来了的时候，我赶紧告诉了她，没有障碍地与她探讨这个问题。可是，却无法想象和妈妈探讨。

好在我14岁就离开老家去千里之外的城市上学了，离开她的视线，有了很多任性和我行我素的权利。这些年，我们在精神上早已离散。我早习惯了有什么重要的个人事务也不会告诉她。或者，告诉她，也只是作为一个结果去告诉她，而不是在做决定之前告诉她。那是一个经过砍削、加工，或者变形过的结果，与事实真相已有距离。包括我30岁时结束一段婚姻一个人生活，以及当时历经的那些黑暗与眼泪，都没有与她说起，也永远不会和她说起。几乎所有的内心事件，我都对她避而不谈。我习惯了，在她面前就是一个无味无趣、简单扁平的人，是一个修女。

她是我生命的出处，但是，她的做派和我们三个孩子对她的所作所为，使她成为这个世界离我们最远的人。

后来我发现，母女关系，以及家庭关系和谐温馨的氛围出来的孩子，他们的表情、脾性都会写在脸上，就是那种温和的，坦然的，知足的，明亮的，有一种可以与世界通达的豁朗，那是对世界的信心与信赖。他们内心对自我世界的信心，来自他们曾经得到的温存与尊重。那是一种柔和的光。幸福于他们，仿佛举目可见，触手可及。

想想看，冰心好写母爱，她的脸上以及她作品的气质，都是浸透了温柔和阳光的。萧红与家人的撕裂让她只能离家出走，逃婚；她一生悲苦，年纪轻轻就病死他乡。最典型的应该是张爱玲。没有得到充分的家庭之爱的人，才能写出《金锁记》《红玫瑰与白玫瑰》那样令人齿冷的作品。她人生的底子、她笔下的人物、她作品里的气息，都浸透了寒凉。那是她所看到和感受到的世界。

每次，看到面相甜美、爱说爱笑的姑娘，我都能感受到自己与她们的距离。或许也是我们人生的距离，家庭之间的距离。

6

这么多年来，每次回老家，妈最惦记的，依然还是想方设法做各种好吃的。吃是永远的主题，几乎也是唯一的表达。每天餐桌上都鸡鸭鱼肉异常丰盛，她是恨不得在那几天时间里把我一年亏欠的营养与美食都补回来。

在我已经结婚成家拥有自己的厨房，吃任何东西都不是问题的时候，妈依然如此。她做事很慢，却又极其讲究和精细，所以她除了睡觉之外，几乎所有时间都献给了厨房。她从早到晚站在厨房，吃完上顿忙下顿，那个时间上的巨额投入与精力上的全部支出，让我感觉惊悚。我感觉非常不值，毫无必要。我们早已没有和她做的那些美食的质与量相匹配的胃口。甚至，坐在浩浩荡荡的餐桌前，吃，已经成了负担，但她还是不改。

妈的一生都献给了厨房。厨房是她一生的舞台，一生的光荣与梦想。也是她的出发点与归宿，她的人生战场与根据地。这或许是她那个年岁的人，大多数中国式妈妈的生活与命运。记忆中她的样子都是穿着围裙戴着袖头，坐在院子里择菜，站在水池边杀鸡剖鱼，在灶台前炒煮煎炸，一团白气在她脸前氤氲弥漫。忙忙碌碌一辈子，就是为了忙每日三餐，这是她的生活事实。好像活着就是为了吃。这么一想，便觉恐慌。她一辈子也没想过别的活法，或者别的打开方式，哪怕她深为其累。

我每次回去住的几天时间，每顿饭菜她都准备得太多了，经常会有一半甚至一大半因为吃不完而倒掉。那么辛苦地把它们买回来择洗烹饪，好像就是为了最后把它们倒掉，这或许也是过剩的母爱的表现方式。面对那些被倒在泔水盆的饭菜，我们都会有犯罪感与虚空感。她知道这样会令我们不快，会指责她，便会在饭桌上奋不顾身地劝菜劝饭。她的惯用招数是，趁我们不在意时舀起一大勺肉和汤放进我们碗里。或者我们已放下筷子了，她非又给我们再添一勺饭。这种不由分说的强迫，常常会把我们弄得颇为恼火。再好的东西一旦成了强制，也会成为梦魇和负担。

表达对人好，表达爱的方式，首先应该让人感觉适意，尊重对方的意愿，而不是一厢情愿地强加。哪怕是一家人，哪怕是在最无关紧要的事情上，也该如此。但是妈一辈子都没学会。她只会以她以为的好的方式对待我们。结果是让我们面对她的作为更加烦躁更加没耐心。就好像，更多的努力与付出，不过是徒增彼此的亏空与损耗。

她的爱，很难为我们看重。她爱的方式，甚至只会把我们推得更远。这真是令人悲哀的事。

吃，成了巨大的压迫。我多次对她说过不必这样，心平气和地说过，也气得直想狠狠摔了筷子地说过。有时候她好像也能认识到，但是第二天，一切如故。这让我感觉她的心只装得下三顿饭。这样的人生，让我感觉非常厌倦和绝望。

我们多希望能简简单单把吃饭问题解决掉，其余的时间我们可以干点别的。要么她放手让我们来做也好，但她对我们做总是种种不信任，不会放手，我们做了也只会落得她各种批评与抱怨，没有谁受得了这个。好像她越辛苦，就越会把我们推得更远。

这是内心贫穷的表现，也是人生贫瘠的证明。说到底，是我们重视肉体，放大肉体，却轻视精神，缩减精神。有那么无微不至的身体关怀，却缺乏足够和有效的精神关怀与心意相通，这是中国式父母的通病。

每次在我临走的前夜，她都会带着满怀的懊丧说，哎呀你这次回来我想和你好好说话的都没时间，光顾着做饭了。

这样的话真是让我又灰心又绝望。就像面对灰扑扑的、尘垢满面的生活，无法拂逆。就像面对屡教屡犯恨铁不成钢的孩子，痛心无力。

精神缺席的情况下，肉体上的过度满足，只会更加令人厌弃。仿佛那种生存更加无聊和没有指望。肉体无限满足时，精神便没有了空间，或者退场。肉体没那么满足时，反倒能显示出精神的力量与精神的空间，往往是这样。

我不想面对这种整天围着吃打转的生活，也不想让她过这样的生活，这种相聚，让彼此都不轻松，毫无建树。所以我畏惧回老家。

看一个人度过自己时间的方式，与她分配自己时间的方式，也会决定我们对她的态度，对她的爱憎。因为这决定着我们的人生观和价值观是否一致。价值观分歧大的，你很难和她在心理上与情感上获得认同感。与自己生命联系最密切的妈妈，这样耗费她的生命，耗费得毫无必要而又过度，只能使我们在一起的时光，总像一块烂抹布一样黏腻、陈旧、不清爽，丧失价值感与意义感。

我们就是那样不得体与不恰当地面对彼此。直到彼此再也唤不回来，成为让对方感觉不适的人。随着不适的范围与程度重重叠叠地增加，我们都成了对方眼里难以忍受的人。

妈妈，这个世界上最温暖最有重量的词语，最贴心最有归依感的词，成了我们心中竭力挣脱却又无从挣脱的对象。

也许还是因为我们的狭隘吧。我们不看重的，她总是过度给予；我们所看重的，她给的却是负数。我们又何尝能看重她所看重的？我们都只会按自己的方式给予对方，都不会按对方需要的方式去爱对方。

我们知道应该爱她，应该对她好，但是面对她的作为，常常有心无力。我们只不过是在尽自己应尽的责任与义务。我们之间有限的交流，也总是充满对彼此的指责与排斥。几乎所有的事情都没法沟通。一说起来，就陷入疙瘩和死结。直至，我们根本无法交谈，闭嘴才是明智。直至我们成为彼此的反骨。

7

当我在这个城市有了自己的房子后，妈妈每年都会带着对城市生活的钦羡与向往，来我这里住一阵。老家的县城生活早已远离我的生活圈，但在我的记忆与想象中，那个小城的日月与生活样式，还是温煦，缓慢，柔媚，适宜人居，有着沈从文笔下生活的韵致与腔调的。

但是在妈妈嘴里的叙述，是另外一番样子。

谁谁在结婚以前就怀孕了，做了人流，男的不想要她了，和她分手，她闹着要去跳塘自杀，男的没办法，最后才和她结婚的。

谁谁的职务，都是靠他女人给他弄的。

……

这些质地不端的人事，妈每次来都会再讲一遍或多遍。是她常讲常新的老生常谈。每次讲都像第一次讲那样热烈。我的故乡，在她的叙事里是这样的，似乎也只有这些。

这也许是独属于我妈的叙事。听过一两回之后我便很不爱听。似乎经她一说，也会被她卷入那个不洁的世界，身边的空气都变污浊了。有时候她刚一开头，我就粗暴地打断她说别说了，你都说过一百遍了。

总在言说和感受这些，也许就在于盛不下别的美好。让我感觉艰难的是，她的内心好像装不了半点人世的美好。与她说话，最后总会让我感觉灰暗，难耐。最后我们交流的模式大都是，她说什么我都会打断她说别说了，要么就是她说的时候我屏住呼吸，充耳不闻一言不发。

她每次来，还是会无孔不入地检阅我的生活。翻遍我的抽屉、床头柜、旮旮旯旯，力图窥探其中的秘密。还好我最多的秘密是在电脑里，在我写下的博客微博里，在一篇篇电子文档里，她不会用电脑也就看不到这些。

和她在一起的生活，只能做贼。

因为这种被窥视感，让我对她想要了解我的一切的企图，分外抗拒。她会在给我整理衣物的时候，装作漫不经心地问：

你们是不是在避孕啊？

他爱喝酒，不影响你们的房事吗？你们夫妻生活还好吧？

……

我假装没有听见，或者只含糊地嗯一声，让空气呆滞，让她的问题悬在半空。我可以和好朋友、闺蜜，和感觉彼此懂得的网友谈性、谈私密，但是我根本无法和她谈这些。和她一起面对这些都让我感觉呼吸困难，有蛇爬过一般毛骨悚然。谢绝让她进入我的内心，谢绝她打探我的生活，是我对她无法更改的态度。

有次她来住时，爱人的表姐也在我家小住，因为表姐对她的指手画脚不感冒，不喜欢听她指挥，她就对表姐各种看不顺眼，总在我面前挑表姐的不是。看爱人对表姐很好，她居然跟我说："他们俩别是有那事吧？"

这话让我无法呼吸。我的妈妈，她感受世界与揣度他人的方式为什么会是这样？一个人内心的样貌，决定着她所能看到和感知的世界。她所感受的世界，只能把她置于内心的地狱。我感觉自己永远都无法解救。

8

父亲去世后，我把手机上原来存为"爸爸"的手机号码删掉了。后来，父亲的手机和手机号码都被妈妈用了。我对那个熟悉的号码，已产生像对父亲一样敬爱与疼惜的情感，以至于在心里不能接受它会和妈连在一起。我没有把那个号码在手机通信录上重新保存为"妈妈"。所以每当妈妈的电话打来，手机上显示的都是一串孤立无依的数字。乍一看，便容易觉得是陌生人的来电。

对于两个关系虽近，却无法在内心走近的人来说，他们的关系，就是陌生人。

现在，妈一天天地老了。

原来性情强势的她，正在走向虚弱和溃败。60岁之后的她，患上了焦虑症和抑郁症，很容易失眠焦虑、生气发火。和她的相处更加艰难。她自以为的抑郁症，在我们看来都是烦恼症。她总会让自己陷入无穷无尽的烦恼。那是她还想要掌控与操纵一切，却无能为力、不得其法的焦虑。是不会解脱和放手，只会自我压迫，各种想不开的焦虑。但她从不会示弱，只是更加暴虐地对待身边的人。她对世界的感知和认识还停留在多年以前，和我们在一起时还是习惯于对我们的事做种种干涉干预，以她陈旧的价值观。而我们对她的批评教育，总会让她大发脾气，伤人伤己，最后还必得以让她占上风而告终，否则就没完。岁月没能让她获得宽厚平和。父亲去世之后，她更是过得越来越不快乐。我们也做过种种努力，但在她身上都无法奏效。因为我们改变不了她的性格，改变不了她看待世界的眼光和感受世界的方式。

有时我会置身事外地想，一个人活得不幸福，或许是命运对他的最大嘲讽。

这样想很残忍。但是我越来越相信，幸福是一种能力，更是一种品质，或许事关最高的人品。幸福应该也是一种性格，和习惯。可是我的妈妈，不曾拥有。

60岁后的她见人就爱谈她的病，从颈椎病到她顽固的妇科病，从饮食花销到大便的次数与形状，都是她大肆谈及的话题。就像她习惯于入侵别人的私密一样，她于别人好像也不必有任何私密。总挂在她嘴边的那些病与烦恼不适，成了她乐于示人的精神徽标。她越来越严重地容易对周遭世界感觉不适，对别人感觉不快，总是陷入连篇累牍的抱怨，其深广的怨气犹如不停释放的毒气，让人难耐。直到，把她身边人的耐心耗尽，陷入比她更深的抑郁。

她让我看到了，一个人幸福与否与她面对生活的品性与姿态、内心的宽度与深度，息息相关。总能够使自己与他人感觉愉悦，时时散发出人的趣味与内在的生动性的人，才有可能感受幸福。有的人，就是没有能力让自己感觉幸福。

随着妈妈应对世事的日渐无力，她对孩子的需索也日益增多。我们能给予她的只是我们的一部分，甚至只是我们的残杯冷炙。在川流不息的生活面前，大家都活得日益捉襟见肘。我们给予她的除了金钱，别的在她那里都难起到正面的理想的效果，所以我们愿意付出的也越来越有限。钱似乎能买来一点安顿，但是钱，却难以解决那些悬置的问题。

现在，与妈在一个屋檐下的相处还是会伴随有争吵、不快，互不尊重。每次，在控制不住地和她争吵过后，在听到彼此刺耳的高嗓门响过好像空气中有金属割裂的声音滑过之后，我都备觉自己的丑陋、难堪与失败。但是，每次当她离开时，或者我想起她一个人在老家的孤单生活，都会非常难过，感觉沉痛。

是的，我一直那么憎恶她的唠叨，不耐烦于她有的一些细小庸常的快乐。我宁肯沉浸在自己阴郁的内心发呆，也不肯感受她对俗世物质的兴致，不肯与她一起步入她所看重的那种具象生活。我几乎一直病态地鄙夷那一切。因为对她人生趣味与行为方式的不认同，我也早已不看重不关注她的内心，任她感受无滋无味，苍凉地跌进深不见底的无价值与无意义中去。我一直拒绝让她知晓我的内心，因为我不相信她能理解我，理解那些幽微暗沉。多年来，我很少给予她温暖明亮，因为常常只能被她的负面情绪和负能量打击得奄奄一息，所以就索性听任我们之间的坚冰愈积愈大。

有一天，妈妈一大早从老家给我打来电话，说她前一天晚上一夜没睡着觉。我问为什么，她说昨晚才听我哥说，我已经离婚几年了。"你怎么不跟我们说呢。"她的声音抖了,那是竭力忍住的哭腔。

我拿着电话,感受着她对我的顾惜,我们曾经的隔膜似乎在那一刹那间打通。我不知该说什么,眼泪也突然崩落。

到底是母女连心。哪怕,我们并不一心。

9

我们无法选择母亲,就像母亲无法选择她的孩子。一切都是冥冥之中被注定的。作为母女,我们甚至无法选择不爱。只有爱,与被爱。

每每我也会自问,一个不能和自己妈妈处好关系的人,还能和谁处好关系?怎么说,这样的人都很可疑吧。我真的是我自以为的宽厚包容?我也许不过是自己最大的笑话。

我曾经反感她身上的种种,现在我常常在自己和兄姊身上也发现了,比如,做事简单粗暴,情绪容易失控,说话重,爱伤人,好抱怨……发现这些着实令人恐慌。我们居然在让她身上令人厌恶的那些东西在自己身上重演。

我们逃不过彼此。

近距离地面对她的种种,也还是会有难以战胜的憎恶与不耐,但是,我还是希望自己心中充盈有爱。那是不管对方怎么样,不管遭遇的世界怎么样,依然能够爱和体恤的能力。依然能心怀柔软,依然让自己心怀爱的火焰,散发爱的光辉的能力，我能不能获得呢？

这于我，是巨大的考验与修炼。

只有爱才能照亮一个人，让她活得盈光水润，活出勇气与力量，我知道。

对别人的憎恶与厌烦，摧残与损毁的也是自己。那只能让一个人委顿，干瘪，黯淡无光，日益丑陋，我知道。

她肯定也是我或多或少的另一面。她是我的镜子，是我的鞭子，是我曾经的糖，是我现在的药。爱她，无关乎她好不好，不过是自我内心的需要，是自我圆满的途径。

妈妈，她应该是上天指派给我的，考验我的心力、智力、耐力与活力的凭借。

我不知道经由妈妈，我会变得更好还是更坏，更柔软还是更冷硬，更美好还是更无力，更积极还是更消沉。但我已经相信，这一切都可以并不在她，而在于我。

一切，都是命运的馈赠。

活至心安,便哪里皆好

试问岭南应不好?却道,此心安处是吾乡。

——苏东坡

从18岁来到这个省会城市,至今已过去二十多年。我在这个城市工作,恋爱,买房,结婚,生子,在老家人心目中,早已是"大城市的人"了。但是,我心里清楚,来自县城,依然是我身心的标签。直到现在,我的穿衣打扮、思维习惯和行为模式,依然难脱县城生活的影子,可能,那会是我一生的胎记。

老家县城,位于我们这个中原省份的最南端。老家的房子、我的亲人,都还在那里。这几年,每到清明,我都带孩子一起回老家住几天:给父亲上坟,陪陪年逾七十的母亲,也让孩子感受一下县城生活,感受小城的山川景致,风土人情。我想让孩子看到生活不是他原先看到的那样,只有高楼,霓虹灯,汽车,宽阔的马路,拥挤的人群,还有麦田,菜地,水库,炊烟,坟地,平房院落,鸡鸭牛羊……还有另外一种低矮、缓慢、幽静、细水长流、根深蒂固的生活。

老家距离省城400公里。二十年前，我从省城回老家坐长途汽车需要晃荡12个小时才能到，现在全程通了高速公路，坐大巴只需6个小时，自己开车仅需4小时。照这个速度算，世界缩小了一半。有次看新闻，说未来几年会有时速280公里的车，当时我就算了一下，那我回老家两小时不要就到了，朝至夕归都可以了，感觉真是激动人心。在这样的速度下，老家就在眼前，触手可及。

大巴

原来没买车时，都是坐长途大巴回家。有了车后，我还是习惯坐大巴，大巴开阔敞亮，安全舒适，省心省力，一张车票就把自己全部交付了，身边坐的都是自己的父老乡亲。我喜欢这种混迹其中的，密接地气的生活。想想看，和一帮毫无关系的陌生人近距离坐在一起，一车人同呼吸共命运，听彪悍的大巴司机骂娘吹牛，还有各色人等的各式交谈，感受那些生动各异的表情和腔调，这多么有趣。

相比之下，自己开车，龟缩于一个狭小的空间，其实趣味不大。但是有太多人，都无视或者无感于这样的便利，喜欢自己开车回。几年前很少有私家车的时候，开车回去意味着权力与风光；现在开私车回去，似乎更意味着财富与尊严。虚荣，往往比事实更重要。

我一个同学，从他大学毕业开始在这个城市工作开始，理想就是配上专车，能自己开车回老家。那是90年代中期，对于刚毕业的我们来说，这简直是一个高山仰止、遥遥无期的理想。但是功夫不负有心人。记得有年中秋节前夕，同学聚会，他自嘲说过节单位发的几百块钱还没在口袋里暖热就成人家的了。我问怎么回事，他说上午发的，晚上就去商场买了两瓶茅台送人了。果然，他是同学里升迁最快的。十几年以前他就终于能自己开车回去了，再不用像我们一样挤火车汽车了。

衣锦还乡，风光无限。在同学队伍里，尤其是留在县城工作的同学眼里，他是一个成功的代表。他的名字成了同学嘴里说起来会啧啧赞叹含义丰富的词汇。大家都相信和见证了他的发达和成功。至于他取得的背后，他是怎么获得这一切的，他的付出，包括身体与心灵的付出，是否大于他现在的所得；他内心的隐痛是否大过他自己感受到的，以及人们所能想象的快感，就没人去想也没人深究了。那算是什么问题呢？人们只会相信他所看到，和呈现在他面前的东西，而看不到那些"暗物质"。

也许有太多人并不怎么活在自己的感受中，而更多地是活在别人的眼光与想象中。只有别人眼里的光芒与成功才是真的。冠冕堂皇总是好的，它让人安心。最后，他把别人的眼光与想象和自己的感受混为一体。那些不见天日却漫漶无边的暗物质，连他自己也不会深想，甚至忽略不计了。

我喜欢坐在回老家的大巴上，感受我的父老乡亲。他们操持的一口乡音，断断续续地传到耳朵里，听起来既亲切，又刺耳。亲切的是，那些词里有无数年少记忆。某一个词，会唤起某种记忆，让曾经的某一段人生苏醒。刺耳的是，某一个词显得原始粗陋，虽然对生活的表达活灵活现，却与我现在的习惯表达有了距离，生出隔膜。

如果我没有离开故乡，我将终生操持家乡的语汇。一种语言就是一种思维。在我来到省会之后，我像周围人一样说起了普通话。我竭力使自己的普通话发音流畅圆润，不带家乡的痕迹。似乎越能成功地甩掉乡音，与家乡拉开距离，就越值得骄傲。乡音代表着乡气，而乡气几乎是每一个步入城市生活的人所竭力甩掉的东西。就这样，操持着普通话的你与过去的你隔离开来。这种看起来干净、标准、规范的表达，使你与自己原有的真实有了距离，很多东西不再是脱口而出，而是要经过转换——思维的，心理的，声音的，语气的，种种转换。这种话看似文明，妥帖，悦耳，表达出的却是一个经过转换与包装的你。犹如镀了一层光，覆了一层膜，接下来你的表情动作、心理思维都要跟上它的变化，经过再一轮的包装转换。你所表现出来的，便是另外一个你了。对此，我早已没心没肺地驾轻就熟。

时间久了，便习惯于将这经过包装与转换，貌似已经城市化和更加光亮的自己当成真实的自己。所以乍一听得家乡话，那里蕴含的野性生辣的气息，便隐隐地觉出刺耳。可是又不愿意相信和接受这种刺耳感，因为潜意识告诉自己，应该从中感觉亲切的，那是自己最初的出处，是另一种可能。

每次回老家，都从坐进开往老家的大巴里开始，从融入那一车的乡音乡气开始。

邻居

邻居家是几年前从乡下搬过来的,因为做生意挣了些钱,便在县城买地盖楼。一楼门面租出去,二楼三楼自住。还在路边开了个小烟酒铺子,铺子门口支起两三套桌椅,经常是一桌牌局,一桌麻将。附近闲散人员来此打牌打麻将,有人打也有人看,坐下来打的要付一点占位费,还总有人买盒烟买瓶水之类的,这样自然带动了消费,也能给烟酒铺子增添人气。

老板和老板娘都体态肥胖,腆着肚子,还是乡下生活的粗疏打扮。尽管挣了钱,可是生活还是务实为主。倒是他们的儿子,一身时尚,骑着锃亮的最新款的摩托车,戴着墨镜,脖子上一条粗粗的项链,穿着图案很酷的文化衫。外表上与来自任一大城市的小青年无异。

他总是骑着他很拉风的摩托车风驰电掣地驶过来,似有十万火急的事。然而,当你看到他在他家烟酒铺前的牌桌上戛然停下,再晃荡悠闲地走下车,就知道其实他什么事也没有。一同下车的还有车后坐着的他的女朋友,一个异常时髦鲜亮的年轻女子。上次回去我见到的她,身着带绒边大毛领的米色针织衫,下着紧绷绷刚能裹住屁股的薄呢西装短裤,脚上是一双缀满流苏和亮片的半高小靴子。鲜艳的红嘴唇,光滑润泽的粉脸,水蜜桃一样地饱满。那精心修饰过的盛装的美令人惊艳,像是影视中的人物。她的脸上有施朱傅粉的痕迹，但是因为年轻，那脂粉盖不住青春的逼人的飞扬的光芒。不像中年人的化妆，脂粉往往更彰显时光的痕迹而显不堪。

一个女人漂亮不容易，如果漂亮还能配上闲散慵懒的气息，那种漂亮散发的意味就更有无限江山的味道，非常吸睛。似乎，只有在县城见到的美女才有这样的味道。她们的眼神、她们的一举一动，分明在说自己有的是大把大把的时间、大把大把的青春，流不完用不尽似的。在有闲的生命面前，时间之流仿佛是并不存在的，仿佛一切可以永远如此，仿佛她的美丽可以定格。

女孩从摩托车上袅袅婷婷地走下来，对于自己的美艳，她显然是很自知的，那种自上而下看人的眼光诠释了她对自己美丽的优越感。她走动起来带动的空气都哗哗哗地亮了起来。她让你控制不住自己的眼光。但是她的眼神却是散的，是涣散的，没有重心，没有主题。她在牌桌旁的一把椅子上坐下来，目光飘移地左右看看。有高大帅气的男友在身边，好像没人敢和她调笑搭讪。这让她内心骄傲，又有些失落。牌桌边的她，盛装的绮媚娇艳、装扮的精致庄重，与稀里哗啦、粗糙鄙陋的牌桌气氛形成了戏剧般的离间效果。似乎是不相宜的，又似影视剧里某一个突然浮现的镜头一样奇谲摇晃，诸多异质的元素混为一团，显得分外生动。那种斑驳的百味杂陈的景象，就像生活的多义，一言难尽。

每次见她，都让我反观到自己生活的粗陋紧迫。县城的年轻女子有的是时间打扮自己。她们亮丽光鲜的程度不输于大城市的时尚女子,而她们的气色更胜一筹,那是慢生活滋养出来的。而我在城市的生活,每天都像在打仗。

小店

每次回老家,一个保留节目是在一家街边馄饨店吃馄饨。老家的馄饨价廉物美,在我眼里是天下一绝。

这里的馄饨店好像都没名字,或者是叫"×记"之类的,反正我从来没有记住过。有家简陋的街边小店,却味美得销魂蚀骨,是我心目中世上最好吃的馄饨。

小店的好处是乱,任何东西都可以随地乱扔,没有讲究,人与人之间没有座次,没有距离。低矮的四方桌子,呆头呆脑的木头板凳,一屁股坐上去,整个世界都变得低矮平和了。这种粗粝的、不加修饰的生活,让人放松。不像坐在装修豪华的酒店包间里,人不由自主地表现出来的是一个经过修饰过的自己。坐在大酒店里的你,与坐在路边小吃店的你,一定是不同的。你所说的话、你所想的事情、你的情绪,都是不一样的。我喜欢坐在小店里看路上的车水马龙,与暮色四合的天光融为一体,这是山气日夕佳,飞鸟相与还的时候,灯光人影暗香浮动,朴素本色得令人安心。

我们眼里世上最美味的那家馄饨店,店主是对夫妻。一个包,一个煮。炉子里的火很旺,火上的一只钢筋锅里水一直开着。包的人手极快,一分钟包三十只没问题。馄饨皮薄得透明，肥瘦相间的猪肉和荸荠作馅，用筷子蘸一点馅，皮两边一卷，小蝴蝶般的馄饨就成了。不一会儿店主的手边就堆起一座小山。一把馄饨投到锅里，分分钟漂起来便好。煮馄饨的当儿，碗里已放好切碎的小葱和芫荽，一小勺猪油，黑胡椒，生抽，鸡精和醋。馄饨盛进去后碗里白的白，绿的绿，青的青，那个热气腾腾香气四溢，勾得人舌头都要掉下来。

有一次，我正在这家店里埋首于一碗鲜香滚烫的馄饨时，看到吃完出来的一个女人，着粉红毛呢套裙，半高跟羊皮短靴，迤迤逦逦地走出来，公主甜心般的打扮。她的脚下是一地用过的粗劣卫生纸揉成的纸团，盛放着吃剩的馄饨汤汁与一次性碗筷的红色大塑料桶。她在走出馄饨店门口的时候，停顿了一下，眼帘的余光扫过趴坐在低矮桌凳上吸溜吸溜吃馄饨的人们。就是这么一瞥，使刚吃完馄饨的她与身边的人拉开了距离，像是公主的微服私访。那一刹那间的目光，透露了她内心的讯息，仿佛她对这一切是抽身事外的。这么漂亮的着装打扮是会让人感觉，这里不该是她停留的地方。此刻置身于这个灰扑扑的世界，一定是她在内心隐隐排斥的。

虽然这是星期天，黄昏时候的苍蝇小店里，出行的女子依然正装打扮。她们隆重地对待自己，隆重地想象自己的抛头露面。可能，这也是县城与城市生活的不同。在城市，你出门几乎没人会认识你；可是县城地方小，每次出门很难不遇上熟人。不是你亲戚的亲戚，你朋友的朋友，就是你亲戚的朋友，你朋友的亲戚。随便去街上遛一圈，都会有天下谁人不识君的感觉。所以任一场合，都像一个隐形社交场。

她精致甜美的粉红女郎装扮，她一刹那驻足的睥睨，让埋首于馄饨的人们，都忍不住抬起头来。美女，是男人女人都爱看的。我看出了她是谁。我的父亲与她的父亲原来是一个单位的同事，而且有些交好。有一年的春节前，我还与她同蹭一辆公车从省城回县城，我们俩叽叽喳喳了一路，说着说着就有些交了心。最后我们相约春节后再一起玩，说好了她在年后的初五下午去我家找我。她却没来。我在家里等候了她一下午，落空了。她没来我便也没再联系她。我们从此再无联系。在街头遇过她几回，她仿佛都没看见我，或许是没有认出我，或许是已经忘了我。而我，也没有表现出主动，也佯装没有认出她。我们之间的际会，就这样散了。

　　为什么要那样矜持呢？对对方表现出一点主动，有时竟会那么难吗？不难。但是，总需要足够的理由才能让人愿意主动。或许，萍水相逢，再相忘于江湖，不再入侵彼此的生活，也是彼此珍重之一种。

隐私

　　县城生活，几乎是没有秘密的。地方小，腾挪的空间小，人与人之间总脱不了千丝万缕的干系，任何好消息坏消息，都能一夜之间传遍全城。也许是因为县城的日常生活容易让人感觉平庸寡淡，任何一个有点声色，能让人兴奋让人唏嘘让人幸灾乐祸的事，都能得到最快速度的口口相传。人们需要这样的调味品，需要这样的提神。可能，这也是精神消费的一种。

有一年的某个节日，我回去了，陪我妈上街买东西时在路上遇到熟人霞。霞以前是和我家共住一个大家属院的邻居，霞的男人前几年在城郊的一个乡当党委书记。站在路边，几句寒暄之后，霞就和我妈谈起了她男人单位的妇联主任，也就是我的同学灵子，在前天晚上，灵子在外地做生意的男人突然回来，抓住了灵子正在与这个乡的一位副乡长偷情，两个男人当场扭打了起来。灵子的男人下手很重，把副乡长打得脸上挂彩，连夜送到医院去缝了几针，现在还住在医院，整个大院都被惊动了。

霞就那样站在马路牙子上，上下两片嘴唇一碰，讲出了这个惊天的秘密。她以故作轻描淡写的神情，软化着那个惹火的话题，可还是带着一点掩饰不住的眉飞色舞。那是掌握着一个劲爆秘密的人，不由自主持有的心理优越感。半年多前，她的男人，她的身为乡党委书记的男人，刚刚成为全县的热点新闻。因为乡里买稻种的问题，她男人收受了南方一家种子公司老板的一万块钱回扣，全乡用了他的稻种，到了收获季节证明是劣质的，全乡几乎绝收。东窗事发，她男人被抓了起来，判了几年刑。

我想她是想以这个够份儿的新闻压倒她男人的"事迹"，让自己男人的不光彩在人们心中淡去，让新的新闻刷新谈资。或者，也是因为大家都有不光彩，才能弱化另外一个不光彩。而我的妈妈，典型的小市民，有着一切市侩和长舌妇的品性，她听得津津有味，又问了其中的一些细节，不停地咂着嘴。于是，一些重要细节又被霞重复了一遍。我站在那里，站在这样两个中老年妇女中间，听她们谈着这样的话题，想象着我的同学灵子现在所经受的一切，感觉不寒而栗。她和她男人已经没有爱了吗，还是一时耐不住寂寞？与副乡长是日久生情，还是只不过是彼此利用各取所需？不得而知。

灵子不是本地人，她本来自千里之外的一个县，专科毕业时追随男友来到我们这个县。她一毕业就结了婚，第二年就生了孩子。两年后因为生计她丈夫去外地做生意，一个月回来一次，这是我知道的她的情况。我们也就每年春节时见见面。

在灵子身上发生这样的事，并不奇怪，灵子身材漂亮性格活泼，在学校时就有男生为她争风吃醋。但这个事情，还是让我感觉浑身冰凉，像发生在自己身上一样难耐。我站在那里不知该说什么，但是在心里迅速预演了一遍，如果是自己该怎么办。那一刻，我毛骨悚然地对她感同身受了一下。这个事肯定会闹得满城风雨，灵子以后该怎么过呢？我无法想象那种从天而至的铺天盖地的黑暗。

后来听说灵子办了停薪留职，与她男人一同去外地做生意了。两年后，她才又回单位上班。

第二年春节，灵子的丈夫照例来我家拜年——往年都是他们两口子一起来的。他照例带着礼品。本来是闲话几句，男的就会起身告辞的，我妈却直接和他谈起了灵子，问他们两人现在的感情处得怎么样。

问这么可怕的问题，不纯粹是往人家伤口上撒盐吗，我觉得真残忍。但说出去的话我无法掐断，我不忍遭遇男人难耐的表情,便赶紧起身,装着去另外一屋去找瓜子盒来往果盒里添瓜子,以脱离这种尴尬的局面。听到他要告辞了才出来送别。他走之后,我对妈表现了我的恼怒,我说她真是哪壶不开提哪壶。妈却不以为然,一脸轻松的无辜,说:"问问怎么啦,关心一下嘛。他还跟我说了,说本来也很生气也想离婚的,但是又觉得她可怜,离了婚让她孤身一个人在这个县里,她以后还怎么过……"妈原原本本告诉我灵子的男人说的话,带着一点她打探到事情真相的得意。

来拜个年,却要被人当面捅伤疤,我的心跟着灵子男人的心又疼了一次。

又疼又茫然。

或许,这就是县城生活之一种,没有秘密。所有隐私都可以堂而皇之、直截了当地被打探。人与人之间,没有边界。或者,人和人之间的边界可以随便跨越,最后只能面目粗糙地活着。

我知道,在这里,你得让自己的心格外糙一点,随着时光之流越来越糙,以便在风雨侵袭面前减少痛感,或者,浑然无觉。

娱乐

县城里的娱乐生活,很简单也很纯粹。我看到的基本上是男的热衷于打牌打麻将,女的热衷于跳舞。当然女的也有流连于牌桌，男的也有热爱跳舞的。这是县城人工作与谋生之余，最大的消耗与流连。"十亿人民九亿赌，还有一亿在跳舞。"这是多年前的一个说法，最典型的体现就是县城。他们打牌打麻将，几乎没有不来钱的，或多或少都有点赌的性质。像我们家，爸妈退休后，就是我爸迷上了打麻将，我妈迷上了跳舞。两个人都到了风雨无阻的地步。

对于我爸的麻将生活，妈劝诫过无数回，说打麻将久坐伤身，牌桌上吞云吐雾对身体不好，让爸别再打了。我爸只一句狠话就把人噎死了，他说："不让我打麻将，你让我天天坐在家里等死吗？"

爸退休前也买了一批书，把家里的几个书柜填得满满的。他每天也看看书的。只是，似乎书里的世界和属于县城的世界太远了，他无法只沉湎于书中。

父亲以前上班时有个职务，退休后的骤然落差让他心里很失落，精神也有些颓唐，打麻将似乎有点破罐子破摔的意思。他几乎每天都要打上半天或一个晚上的麻将。不是他约人家，便是别人约他。天气好时，把麻将桌搬到院子里或是阳台上打，天气不好时在屋里打。在县城，随便走到哪里，耳边一阵毕毕剥剥的搓麻声是再熟悉不过的风景。退休后常打麻将的父亲，就这样有了一干"麻友"。退休前，他打交道多的，除了志趣相投的朋友，大都是同一级别或相近级别的。但是牌桌无父子，牌桌上众生平等，只认钱不认人的，他的麻友三教九流的都有。有男人也有女人，有看大门的老头、小区里的电工、单位小车司机，还有和他一同退下来做过领导干部的人。几个人在麻将桌前一坐，一天过去了；一坐，一个晚上过去了。他们在牌桌前交流谁家的媳妇厉害，谁家的女人懒，谁家的儿子有出息，谁家的孩子结婚几年了还怀不上孩子……烟雾共茶气一色，口水与麻将齐飞。大家在牌桌上完成这些信息交换，把麻将打得更加有声有色。

再多再好的时光，也经不起长久的消磨。打着打着，他们中的麻友就少了一个人，那个人突然去了。打着打着又有一个人来不了了，中风或者偏瘫了。我每次回去，都能听见这样的消息。一想到不久以前那个我叫作叔叔的，看起来精神抖擞很爱开玩笑的人，却突然到了另一个世界，都感觉惊愕得无法想象。

终于有一天，我的父亲也去了。

父亲在四十多岁时就立下豪言，说他退休以后要写回忆录，写写我们的家族，还有他风风雨雨的一生，让他的子孙后代好好了解前辈的人生。但是，退居二线后他就沉迷于打麻将了，退休之后玩得更甚。或许麻将具有强大的消蚀意志的能力。连梁启超都说过：只有读书可以忘记打麻将，只有打麻将可以忘记读书。或许父亲以为日子还长，写回忆录的事情留待以后，先玩一阵放任一下再说。总之，他的回忆录一个字还没写，他就在退休的三年之后撒手西去。我们再没机会了解父亲的人生细节，也再无可能知晓他历经县城风云的诸多心事了。

他迷恋于打麻将的那几年，妈总想把他从牌桌上拉回来，加入她的跳舞队伍。两个人夫唱妇随一起跳舞又能一起锻炼身体，才是她心目中的理想生活。但是对父亲来说，一个男人去广场上和别人搂搂抱抱地跳舞，简直是笑话，他绝对不干。就像妈从来不摸牌和麻将，也永远不打算学一样。两个人永远南辕北辙，鸡同鸭讲。

至死，父亲也没和妈一起跳过一回舞。

姐姐

我的姐姐，我曾经冰清玉洁、心高气盛的姐姐，至今还在县城生活。

姐姐是我们心里最大的隐痛。

姐姐一开始上的师范，毕业后先做中学英语老师，之后考上省教育学院英语专业。也许就是因为英语，让她觉得自己应该生活在另外一个世界。她喜欢脱口而出一串玲珑圆润的英语单词，优雅迷人的卷舌音翘舌音，那象征着浪漫与异域，生活的另一种可能。她宁愿只用英语说话，用英语思维，用英语为自己设立一个优美的篱笆，把自己从周围人等中隔离开来。她像脱离尘世的仙女，过餐风饮露、脚不沾地的生活，英语带她远离庸常时空。

记得小时候姐姐带我一起上学，一次放学路上不知怎么孩子们争执打骂起来，有个男生对我们骂了粗话，是我们那地方很寻常的一句骂人的粗话。对这种话，如果不能回敬更脏的或同样分量的话，就会让对方占了上风，我们就输了；如果回骂同样的脏话，又污了自己的嘴。姐姐是怎么做的呢？姐姐平静地回敬说：你才是的。

你才是的。几十年过去了,这句话我还记得,因为姐姐表现出来的风度。

姐姐从小至大嘴里从未吐过一个脏字,她给人的感觉就像她的肌肤一样,雪白无染。那是一种精神上的清洁高贵,仿佛她生来如此。

但是,我精神高贵的姐姐却心比天高。那时她一心考研,想要考到北京,她觉得北京是中国最文明最有文化的地方,她想硕士毕业在大学里当老师,过儒雅深邃、知识渊博的知识分子生活。这是她心心念念的梦想。以她的心气,这个梦想似乎触手可及。姐姐不止一次和我说,她要留在北京工作,当大学老师,住三室两厅的房子,屋里有一间书房从上到下全排满书……

她说这些,就像说自己要到北京去旅行一样自然。说这话时,栀子花一样幽远的香气在她身边缭绕,如丝如缕。她的眼神她的作为她的心性,都在为她诠释,她会过上这样的生活,她是绝不会属于这个县城的。

那时姐姐二十出头,除了工作,从早到晚都在看书,考研的书。周围的年轻人都在忙什么呢,忙着吃喝打扮,跳舞打牌,生活简单,悠闲自在。但是姐姐从未陷入这些,她只有一位比她更加志存高远的男朋友,没别的朋友,她是孤独的。但是,她乐于这种孤独。表面的热闹的生活是她看不上眼并且一心排斥的,她愿意让孤独把她和众人区分开来。

她这种反县城的做派,让父母心里有种隐约的骄傲,又有不知所终的恐慌。姐姐的追求,她所要的生活走向,不是一辈子生活在县里的父母所能想象的。那时父母还有周围的亲友，都常劝姐姐说：可以了，不用再学了，现在的知识就够用了。再说，知识越多越反动。

　　姐姐当然不为所动。她几乎对看书学习之外的一切事情都不感兴趣。反打扮，反享乐，反日常，沉默寡言，沉浸于书本中的世界，过着修女一样的生活。她是众人眼中的异数，是所有人眼中的书呆子。除了有一肚子的书本知识（确切地说是一肚子英语单词），她一无所知。

　　也许是对身边庸常的排斥厌恶，也许是觉得自己只能成功不能失败，也许是除了学习却始终没有同步的足够的心理建设，姐姐经常失眠，眩晕，呕吐。每次考研她都发挥不好，一次又一次地失败了。有次笔试成绩很理想，面试成绩却不佳。主要还是因为心理素质的问题。在命运的残酷打击之下，姐姐越发虚弱，苍白，自闭。

　　心比天高，命比纸薄，爸爸一再这样说姐姐。这话背后是无尽的叹息。父母开始为她辗转难眠，深深不安。如果学习学成这样的半吊子，那还不如一个没有追求，却能把生活打理得自然妥帖的人。无疑，每个人心里都会这么想。

　　确实，一个书呆子如果没有与世界、与世俗相应的对接能力，一切都将悬空。因为有在别人眼里无用的追求，又因为这追求始终没有现实的兑现，她成了周围人眼中的笑话。原来大家心目中爱学习的楷模，成了无法提起又暗暗嘲讽的对象。往往，很简单的几句话她都说不好，很简单的关系她都处不好，她总是表现得僵硬，迂腐，不通达，总是得罪人，总会惹人哂笑。

心态不好，考试临场发挥不好，除了她的性格缺陷，或许也与县城人格有关吧。在小县城成长的人却觊觎大都市的生活，要走通此路，自然需要强大的内心与生生不息的生命力。可是姐姐，父母一直为她遮风蔽雨，她生活在自我的桃花源中，看不到县城之外的天空与风云，很容易就败下阵来。

姐姐那么勤奋那么努力，也过不上她所想往的更远更高的生活。此地的生活又令她不屑一顾，让她感觉压迫与巨大的不满足，她整个青春期都是这样在压抑，封闭，刻苦，却在一次又一次的失败中度过的。一个人的一生，经得起多少痛苦的打击呢，我不敢想。我们大都习惯于没心没肺、没有斗志地活着，我们过着顺水推舟、顺流直下的生活。我们不能想象姐姐内心历经的惨痛。

有一次考研过后，因为又没发挥好，她的男友对她的耐心终于耗尽，对她无尽地声讨和指责，这一切都令她崩溃。有一阵她的精神接近失常，是能让人感觉出来的失常。她把所有的希望、所有对快乐的想象与兑现，都压在考研这一件事上，自觉弃绝了所有别的可能的生活，也从不愿想象与接纳别的生活，所以她的失败，就是生活全部的破灭与落空。

姐姐的现状令全家人心疼，成了父母心中肿瘤一般的存在。这时姐姐已年近三十，县城里这个年纪的人早该是孩子妈了。在形势与年龄的威逼之下，她仓促地结了婚，又很快离了婚。因为她还在县城留守，而她的爱人因为硕士毕业留在了大城市工作，两人之间发生了很多无法调和的矛盾。矛盾升级，伤害升级，彼此都无法容忍对方。男人感觉自己的人生被拖了后腿，要求离婚，以给她一笔还算可观的分手费为条件。

命运烂了一个大窟窿，无法缝补。一个年轻的离过婚的女人，在转身即是熟人的县城，怎么继续生活，又怎么承受周围人的眼神与口水呢？何况姐姐又那么敏感脆弱，自尊心一碰即碎。姐姐选择用这笔钱出去进修，她联系了北京一所很好的大学，进修两年，准备继续考研。但遗憾的是，这次考试她过了分数线，却还是没有被录取。

没有比这更狠心肠的命运了。

一再的失败也让姐姐对自己越发没了信心。世界上所有的事情都让她纠结，犹疑，无所适从，患得患失。进修结束之后，她只能选择重返县城，回到她曾经最鄙视的生活中。

县城里有个菜市场的街角，常年有中年女人坐在小木凳上拔鸭毛，脚边放着一只大塑料盆，盆里是杀过之后开水烫过的一只或数只鸭子。女人坐在那里一下一下地择拔鸭毛，一个个路人从她身边经过。鸭毛不像鸡毛，可以一把择下来，鸭毛在鸭皮上的布局，又深又多又细碎，特别需要工夫才能拔煺干净。在我们那个豫南小城，鱼米之乡，几乎人人都爱吃鸭子，买鸭子炖鸭汤是这个县城每一个家庭的节日。处理干净一只鸭子需要耗费一个多小时，可以挣两块钱。原来没有这个工种的时候，大家吃鸭子都是自己处理鸭毛，那个烦琐费时能把人烦死。但是后来，这成为有些人的工作，每天如此。这样的生活也是生活，这样的一生也是一生。在人生挫败的时候，偶尔向下看看，或许可以找到安慰，找到活下去的勇气和力量。姐姐很爱吃鸭子，但是姐姐，怎么可能想象天天拔鸭毛的生活。她每次熟视无睹地路过街边拔鸭毛的女人和她们脚边式样粗陋的大塑料盆，都不会设想她们和自己有什么关系。说到底，谁又能真正进入别人的世界与内心呢？对于自认为低于自己的世界，人们都很容易保持最大的忽略与轻视。

姐姐现在是一所中学的英语老师。曾经最高的心气，终于低到了尘埃里。她又结了婚，生了孩子，过上了世人眼里正常的生活。我知道她过得始终是灰的。姐姐依然坚守传统过时的生活观念，穿着陈旧过时的衣饰。其实年轻时的姐姐很美，但是她居然从来没有为自己的外貌骄矜过，那时她的偶像是居里夫人。

现在，节假日我回老家，发现姐姐也会和我的亲戚们坐在一起打牌了。一帮妯娌坐在院子或是客厅，吆五喝六的，带点小赌的那种打牌。姐姐和她们一样娴熟地吐着瓜子皮儿，大喇喇地说着粗放的闲话，争执时也会高声吵嚷，在牌桌前把午后明亮的阳光坐成暮色苍茫，或是把晚饭后的华灯初上，坐成子夜的灯火阑珊。偶尔，她在发现我在另一间屋子里看书时，会面露一丝惭色地说："这个假期我都没有看书呢。"说完就回到牌桌上的世界，或者打毕之后钻进被窝，顺利地入睡了。

在另外一个世界的父亲看不到这些了。如果父亲还活着，看到姐姐身上的这些变化，不知会感觉欣慰还是失落。

姐夫和姐姐是同一个学校的老师，有次因为一件事姐夫和学校的副校长争执起来，副校长盛气凌人地拍桌子说："我把你当人你就是个人,我把你当狗你就是个狗……"姐姐打电话告诉我这件事,想让我找在省会媒体的朋友给这位校长曝曝光,维护他们的尊严。自己亲人的这种遭遇,当然让我感觉心酸又难耐,但我知道,对媒体来说,这事并不算多大的事,我找人也不一定能在报上登出来,何况还会牵扯到调查取证之类的,不是那么简单。我跟姐姐说,应该去校长那里反映,要求他道歉,还可以在网上发帖曝他的光。姐姐后来找了父亲生前的朋友,现在的一个领导,奔波了几天,最终不了了之。他们没能得到想要的道歉。

是人还是狗的那句话,在心底窝藏着,或者在风中飘着,一想起来,还是会把人蜇一下。

姐姐生完孩子后,按县计生办的要求,育龄妇女必须上环或结扎。按说只要保证不超生,怎么做、如何做是自己的自由。但是县里是一刀切,必须做,要检查每名育龄妇女的肚子,得有做过的标记。有计生办的亲戚让她走了一个通融的法子:肚皮上开个刀再缝上,佯装做过的标记,以应付检查。之后,姐姐的肚子上就又多了一道难看的疤痕。

姐姐雪白的肚子上,在生孩子前得过一次急性阑尾炎,开刀做手术,留下道疤痕。生孩子时剖宫产,又留下一道"蜈蚣"。现在因为做这个假象,又来了一道。有这么多疤痕的肚子,该有多可怕,我不敢想。姐姐曾经撩起衣襟让我看她的肚皮,我没有看。那是我无法面对的东西。哪怕是想一下,也觉锥心。我宁愿闭上眼睛保留原有对姐姐洁白身体的记忆。哪怕只是幻觉。

好端端地要在肚子上来一刀再缝上，这种野蛮愚昧的解决问题的方式，让人无语。

姐姐以前的那些追求和她现如今的生活，让我一想起来便觉心塞，刺痛，冰水一般漫过的彻骨。尤其是，对于她那样一个几乎没有社会化的，在世俗面前虚弱无力，应对人事完全捉襟见肘的人来说，她所面对的生活碾压，风刀霜剑，卑微如我，无力安慰，也无以解救。

有个流行的鸡汤文，题目叫《你配过最好的生活》。可是想想看，谁又不配呢？每一个善良，清洁，努力用心生活的人，谁不配过最好的生活呢？可是最好的生活，往往都在我们的彼岸。姐姐曾说过的，将来一定要在北京生活，当大学教授，在北京拥有带阔大书房的大房子，这话她可能早就忘了——还是忘了的好。但是我还记得。记得，也宁愿尘封。前些年，我想起一次心里疼一次，现在，我心里也平和多了。时光仓促，岁月混沌，谁还敢回想最初的心跳？很多事情，选择遗忘，几乎就是对当下的慈悲。

现在，和家乡县城的联系越发稀少。亲戚朋友都是越不联系就越不想联系，几乎断了线。只有姐姐，年轻时我们一见面就要亲热地挤进一个被窝睡的姐姐，现在还常常电话和短信联系。她和我联系，除了说说彼此的生活，问得最多的事是这些：

某某过六十大寿，你说我该给多少钱呢？

某某添了个孙子，我给多少钱合适？

我们打算安个太阳能，啥牌子的好？

某某得癌症住院了，我给多少钱？

对县城的人来说，这样的事太多了。单位同事，近的远的亲戚，甚至让人感觉八竿子打不着的人，婚丧嫁娶生孩子过生日都需要应付，都只有一种表达方式：给钱。给多少才拿得出手又不亏了自己，有很多世故的考虑，甚至也不无势利，颇费思量。在我，总会站着说话不腰疼地觉得给多少都可以，都是心意。给多给少也差别不大。常会觉得姐姐和我联系，专为讨这种事的主意，又傻又可笑。但我也知道，身在其中的人，很难超脱。

总是听到这样的一地鸡毛，让人有内心滞涩之感。好像这就是我们的生活全部，是我们的生活重心。在一个小地方，几乎只能毫无自由意志地活着，被动地随波逐流地被绑架或自我绑架，被胁迫或自我胁迫，犹如网在蜘蛛网上的虫子，无法挣扎，一脸尘灰，难有别的可能。

200、400、600、800、1000、2000，这些数字是姐姐常用来向我征求意见的礼金的数字。数字的大小，代表情分的亲疏远近，代表这个人对自己的重要程度，或利益攸关的程度。钱是唯一衡量的标准。数字是铁的也是冰冷的见证。

现在，我的姐姐，再也不会是年轻时那个不问世事、一意孤行的姐姐了。

岁月教会每一个人世故。虽然，我的姐姐，在世事面前迟钝笨拙的姐姐，世故得永远都不够。

前不久，我们县被评为中国最美的县，是省内唯一入选的县。好的阳光、空气和山水，是上天的恩典。我为能有这样的县而自豪。现在一到节假日，从省内各地慕名自驾去我们县旅游的，趋之若鹜。而原来意味着锦绣繁华、物质丰富和社会文明的都市，现在已被雾霾，拥堵，天价房价，弄得不再是适宜人居的地方。我所在的城市一旦有个蓝天白云的好天气，人们都中大奖似的拍照发朋友圈。蓝天白云，清风明月，这些过去自然寻常的东西竟变成奢侈品，真是十年河东十年河西。

在县城生活的姐姐，肯定也会享有在那里生活的好吧。也许，在哪里生活都是生活，全看自己的感受与内心了。沈从文在《萧萧》里说："乡下里日子也如世界上一般日子，时时不同。世界上人把日子糟蹋，和萧萧一类人家把日子吝惜是同样的，各有所得，各属分定……"白居易告诉我们：我生本无乡，心安是归处。苏东坡的词说得更明白了：试问岭南应不好？却道，此心安处是吾乡。

活至心安，便哪里皆好。姐姐，也终会找到自己生活的好吧。

我知道，我并没有对任何一种生活指手画脚的权利。

对世界，我愿意保持永远的饥饿感

1

有次在小吃摊上吃凉皮，我搁了很多辣椒酱进去，吃得热火朝天旁若无人，很是痛快。坐在我对面的是一对恋人，男的一碗很快吃完，女的吃得很慢，男的坐在一边等，渐渐地似有不耐烦。女的娇滴滴地用筷子挑着凉皮说："你知道我为什么吃这么慢吗？"男的说不知道。女的说："你看，因为这上面有很多姜，我不吃姜的。"

那碗凉皮，是用了很多姜末，女孩挑剔地想把那些细小的姜末一一挑出来。但对面的我看到的却不是这样的原因。女孩嘴上的唇膏鲜亮欲滴，她应该不是怕姜末，而是怕凉皮毁坏了嘴上的唇膏，影响唇形，也怕把口红吃到嘴里去，所以她每吃一口，都只能挑一点点，小心地绕过嘴唇，妄图直接放入舌尖上。这样费周折，自然吃得很慢。姜末多，倒是一个很好的借口。

女为悦己者容，这是女人一生的方向，一生的动力，也是她们一生的梦魇。做女人，真是不容易的。后来便想，去见恋人之前,该不该抹上漂亮的唇膏,让自己更迷人一点呢?可是,亲吻时怎么办呢?先用餐巾纸擦掉吗?恐怕有点煞风景了。

这实在是个费解的难题。

2

一个人对待食物的态度,折射了他的人生态度。对待食物的情感,类似于对待世界的情感。

一个对美食胃口很好的人,大抵对世界、对世事也有很好的强健的胃口。一个病恹恹的,胃口不好,总是消化不良的人,很难想象他对这个世界,对世事有好的吞吐能力。

对于走上餐桌的食物,尤其是天然食物,我一直心怀敬畏。我觉得那是浓缩了天地之精华,像"千人药"一样历经了无数人的手和汗水的。所以,热爱它们,吃掉它们,是我们与这个世界联结,感受世界的美好与柔情蜜意的重要方式。在一些宗教国家,人们在吃饭前会做祈祷致感恩词,感谢上帝赐予人们的美食;而在现在的中国,有很多孩子会因为不好好吃饭挨打挨骂。连吃饭这么美好的事都会沦为烦恼,那还能做什么呢?

在心里,我是挺不待见那种在餐桌上对饭菜挑挑拣拣、漫不经心的人的。对于那种眼见一桌美食,却蹙眉怨嗔,不以为意,张口闭口减肥的人,我总会在心里悻悻地想:才吃饱肚子几天,就矫情成这样?

现在生活节奏快，身边有越来越多的人不愿做饭，或者宣称从不做饭，他们看起来光鲜唯美，优雅有致，似乎他们不怎么吃饭，不存在做饭的问题。貌似君子远庖厨。那他们吃什么呢？餐风饮露吗？这像是一个悬疑。一个从不下厨，从不谈论厨房似乎生活中也不需要厨房的人，一直让我敬而远之。那可能说明，他在过的是一种凌空虚蹈的人生，他不能面对人世的真相。

　　我爱看一个人的吃相。喜欢看一个人面对吃食狼吞虎咽，风卷残云，仿佛能吞咽下整个世界的样子。他吃什么都很香甜，都很快慰的那种享受感叫人踏实。这种吃相的人，大都个性豁亮敞朗，值得信赖。一个自己从不下厨，却对餐桌上的饭菜心怀挑剔的人，大都对人生也甚为挑剔。我相信这样的人是没有福气的。

　　西餐礼仪讲究喝汤不能发出声音，嘴里有食物时不能说话，可是在自己家里或是和朋友聚会时，面对一桌美食，怎么痛快怎么来，吃得呼哧呼哧山呼海啸，也是人生快事之一。

3

　　曾经在一个寒冷冬日的下午，在一家简陋的小饭馆门口，看见一个衣着破旧的中年民工坐在一张油渍斑驳的长条饭桌边，埋首于一个粗瓷大碗中热火朝天地吃烩面，白色的热气在他头上盘旋。他滚动的喉结、急速吞咽的动作，还有碗边飘荡的袅袅热气让人相信，那一定是世界上最美味的面了。就是那碗在小饭馆玻璃门上歪歪斜斜地大写着"烩面6元"的面。

从他身边走过，我差一点热泪滚滚。那种人对美食的情意，食物对人的慰藉，瞬间攫住了我。想想看，一天中，这一碗面之前，与一碗面之后，于他肯定都是困苦不堪、寒风浩荡的。只有这一刻，把脸埋在这一碗面中的时光，是温暖热烈，舒心舒肺的。而狼吞虎咽下这一碗面的时光，那么长，又那么短。长得可以勾引一个人为它前赴后继，永不消停地走完长长的一生，又短得还未等到吃下这碗面的人擦干净嘴角的油花，打完两个饱嗝，就要推开筷子，投入到一天中的下一场战斗。

也许，人生的全部意义都不过是在这样的一碗面里。

那一刻，我真想跑过去坐在他身边，坐在那个露天放着的油渍麻花的长桌边，陪他吃下一碗面，我想和他一样捧着那只粗瓷碗，吃得呼哧呼哧的山响。

因为，他就是我的兄弟，就是我自己，就是，另一种可能的我自己。

寒风中，两碗热热的面，两个心意相当的人，那已经是世界上最动人的景象了。

4

作为一个70后，我幼年成长的时期远未达到物质极大丰富，大家经济上普遍都不宽裕。八岁那年的夏天，姐缠着妈买西瓜，好一番软磨硬泡，妈才答应。回家路上，姐满心欢喜地抱着一只西瓜，像抱着一个轻狂的梦。

月亮升起的时候，爸切开了西瓜，一家五口围坐在厨房的小饭桌边吃瓜，过节一样隆重。西瓜个儿不大，五个人分吃，似乎不足以对付几张焦渴的嘴，尤其是我们三个馋嘴的孩子。当吃到只剩最后三四块时，我十岁的哥哥拿起一块瓜攥在手里，然后又飞快地把其余几块瓜也拿起来各咬了一口，那意思是：我都咬过了，这几块都是我的了！

他这种突如其来的壮举让我们惊愕不已，也令爸妈哭笑不得——为一个小小年纪的孩子所表现出来的贪心，也为他所表现出来的心智。爸爸想发火的，却忍不住笑了。

最后在父母的公平主政下，在我和姐姐毫不在意沾染了哥哥口水的情况下，我们还是各分得了一块那被咬豁了口的西瓜。

哥哥当年那个占山为王的表现，被全家人讥笑多年。他也从此再难脱下自私贪婪的帽子。

5

年轻时她有过一个男友，很有钱，他应该是世界上请她吃饭最多的人。每次吃饭，他总是点很多的菜，相对于两个人的食量来说，实在太多了，她拦都拦不住。两人吃饱之后，那些还剩有很多食物的杯盘碗碟成了巨大的负担。在她已放下筷子的时候，他还是竭力劝她多吃，动作浩大地拿起筷子夹起各种菜把她的碗堆成小山，或者拿起汤勺，盛起满当当的汤豁进她的碗里。好多次，都因动作太大，溅起的汤汁喷溅在她的衣襟上，留下一块块惊心动魄的油渍。好多次，她都气恼得不行，直想狠狠摔了筷子，他却在一旁讪笑。

怎么办呢？不吃是浪费，再吃是负担。此时，吃，成了一种压迫。

美好的食物，有时也会成为梦魇。

穷的时候，保持节制是容易的。有钱的时候，依然节制，更是一种素养。在任何时候，都能节制，是一种美德。因为有钱，就在食物面前过度消费，过度占有，也是罪过。

那种铺张与过度，或许是他以为的对她好的方式，却总令她骇然。那种行为，几乎是另一种粗野。到底，还是消受不了有钱男友的做派，他们的恋情没走到头。她想她还是只适合过平常人家的生活。

在内心里，更喜欢小户人家的感觉。小户人家的人，珍惜，谨重，自持，有敬畏，用心生活，不会铺张。情感与需索都不会铺张。一针一线、一碗热粥里，都饱含有对生活的爱戴与珍重。

对物质，对生活，他们也会有周密的算计与思量。那些精打细算里头，蕴含着小小的智慧与趣味。那些细小却绵密深重的心思，也蛮动人。

也许生活的趣味，正在于此。

喜欢小户人家出来的孩子，就像喜欢中等姿色的美女。中等偏上，或者中等偏下，都好。这样的女子不会那么骄矜，性情与心地却自有一种内在的光。

6

有次参加一个研修班,有个知名学者的讲座。他讲得很好,在几个小时的讲课中表现出的精神高度,人格的清洁,对现实毫不留情的批判,都令人肃然起敬,也让大家都感觉到历经了一场灵魂的升华。课毕,和他坐在一起吃自助餐,我们继续交谈了一会儿。他吃完先离开的时候,餐盘里还剩下将近一半的食物——那些精心做出来的炒面、烤肉、玉米、红薯、培根、木耳,狼藉地躺在餐盘里等待被抛弃到垃圾桶的命运。我在心里,对那些食物感到忧伤,也对知名学者有点隐隐的失望。

或许,只是一桩无从提起的小事而已,却也会给人心里带来细刺蜇了一下的讽刺感。

严于待人,宽以律己,这是我们很多人都很容易做的事。

7

见过热爱做饭的男人。他们愿意流连于菜市场,用心挑选食材,回来在厨房用心地择洗切炒,慢煨细炖,那一刻他的心是笃定的,他的眉目是安适的。他不慌不忙,不疾不徐,最后为妻儿端出一桌好菜。看着她们享受自己烟熏火炙后的劳动成果，于他是颇有成就感的事。就像一个富有经验的老农坐在田间地头，心情熨帖地看他精心侍弄过的庄稼。他操持的汤汤水水，会化为妻子红润的脸庞，孩子健壮的骨骼。

总觉得在这个人人浮躁、世事涣散的当下，愿意下厨，并且把下厨作为人生常态，从中找到人生乐趣的男人，是世间的珍宝。那需要持有怎样的平常心，需要怎样的心思单纯，世事洞明，深谙生活的真谛。

男人的形象大都是与官场、职场、社交场联系在一起的，似乎那才是他们盘桓热爱的天地，是他们一生奋斗的舞台。男人也甘于这种被定位与被塑造。经常下厨或热爱下厨，可能是大多数男人不想提及也羞于提及的事。直到多年以后，那些热衷于饭店、公款吃喝的男人很多得了高血压、高血糖、脂肪肝，那些热爱下厨的男人呢，依然如一株翠竹，健康挺拔充满活力。那是自家厨房对他们的滋养。

三毛说过，爱情，如果不落实到穿衣、吃饭、数钱、睡觉这些实实在在的生活里去，是不容易天长地久的。

爱一个人，往往不过就是愿意为他做饭，愿意和他一起吃饭。每遇到美食，都会希望他也能吃到。

对美食，对世界，我愿意保持我永远的饥饿感。

因为爱你，我爱上了世界上所有的人

1

你就要来了。

一想到要面对你，我就感到紧张，害羞，难言。我原本无谓的生命，因为有了你，将变得前所未有地丰富，琐细，繁缛。其实我不知道该对你说些什么，在自然而然的你面前，说什么都是一种做作。我也不知道我说什么，能够经得起你长达十年、二十年、三十年，甚或终其一生的阅读和打量。

没有你之前，我活得随意轻飘，粗疏潦草。怎么着都可以，人生不过就那几十年，我常这么想。所以我虚掷一切，虚掷我的整个人生。有你之后，我想我已经被上帝取缔了继续轻飘潦草的权利。

应该承认，从你在我身上驻扎以后，我始终都没能生长起丰盛、蓬勃的母性。很多时候，我甚至觉得，这样的选择是对自我的一种背叛。或许是因为向来对生命的悲观、对人世的悲观，在你之前，我从未设想过自己的生命能富足、从容到能承载得下一个你。我从未觉得自己有足够的能力、足够的准备能把你带到这个世界。自己的生命都还没能安顿好，如何能安顿你的生命？这是一想来就令人倍感惶然、心悸的事。你是我无法想象的生命之重。

现在，我将面临你给我重塑的一个全新的命运。是我给了你，还是你给了我，是我生了你，还是你重生了我？这真的很难说清楚。

2

你的来临很意外。是意料之外，也是计划之外。像是一个异物，意外地侵入我的身心。一开始感觉无法接纳。因为那个月里过敏我吃过两次西药。历经了一番焦虑与惶然，反复权衡之后，又咨询了两三位在医院工作的朋友，最后决定接纳你的到来。

你会是什么样子呢？对我来说，这是世上最巨大、最撩人的一个谜。时间一天天过去，我带着你在人间穿行，距离揭晓谜底的日子一天天接近。对于你，我什么也不能想，我怕怎么想都是对你、对自我的一种压迫。对于你，我承担不了任何玩笑，只有一个最卑微或者最巨大的心愿，你只要正常就可以。只要上天给我一个健康正常的孩子，就够了。

你看，你让我格外的脆弱，也会让我格外的强大。我们都将通过对方，与这个世界发生更深刻的联系，更有力的投射。

没有你的时候，我每天过得混沌懵懂，面目模糊，似乎对一切都能冷眼旁观，无欲无求。有了你之后，每一个生命在我眼里都变得具体而丰富，有了神性与诗性，在不经意间给我以无限牵动，让我莫名地想要匍匐与致敬。你在我身体里的发芽生长，才让我明察秋毫。这个世界，没有一个生命可以被忽略、被轻视。他们都有着同样的原初与起点，承载着其父母的所有心跳与悲欣。

远离眼泪那种湿热的东西已有多年，可是有你之后，便一再被它重新造访。一次是在四个多月时做体检，结果显示"高危"，需要再抽血、穿刺做进一步检查。那一刻，热泪奔涌，想着也许就要失去你了，忽然感觉自己整个生命都要被你抽空。我无法想象，没有了你的虚空。

一次是当你驻扎于我身体里第20周，做羊水穿刺时。唐氏筛查结果高危的都被建议做羊水穿刺，再做进一步检查。那天在医院候诊大厅，几乎全是一对对的小夫妻，都是有爱人陪同，或者亲人陪伴的。那天你爸爸出差，我只有一个人去了。

只有我是一个人。感觉在周围人眼里，我像是未婚妈妈。

我坐在那里，以一个非未婚妈妈的笃定与安全感，体验和感受了一会儿未婚妈妈的凄凉与无助。

嗯，就是这样，我常常愿意进入别人的悲伤，并在那种全然像是自己的悲伤的沉浸中，体验一种更为深邃和疼痛的存在感。需要对一切感同身受，无论是好的还是不好的，也许这样可以扩充和丰富我们的人生。我是相信，世上的一切都与我相关，都会与你我相关。

第一个做完穿刺的人出来，一堆人马上凑上去，纷纷向她打听情况。有个戴眼镜、穿红棉衣的准妈妈吓哭了。虽然刚做完的那个人说是并没有什么可怕,可"红棉衣"还是在抹眼泪。她爱人在一旁虚弱地安抚她,但是显然又无力安慰。

在那一刹那,我也鼻子一热,感觉心里好酸,忽然倍感生命的脆弱无力,自己的孤单茫然。也许在这世界,并没有真正强有力、真正坚不可摧的东西,在命运面前,在时间面前,在无数的未知面前,需要积聚怎样的力气,才能面对这一切。没有谁是永远的胜者。

轮到我了,手术室里一个医生,两个护士,一张床,一台做B超的机器,在医生"快躺床上,褪下裤子"的催促声中,我躺在一张铺着一次性垫纸的床上。前面的人刚做完出去,纸却没有换下。或者是为省时间,或许是护士偷懒,或许是为省纸。这差不多是中国式常情,我没表示质疑。不质疑,是对并非最重要的事情的妥协。

肚子上被抹上凉凉的润滑剂,随后,被一根小针扎了一下,可能是确定方位。之后,医生拿起一张纸,盖住了我的头脸。"双手抱头,深呼吸。"她说。然后便感觉有根粗针噗地一下扎进肚子里,一种钝痛瞬间传遍全身,几秒钟后,医生的一句"没事啦"宣告了手术的结束,扎针的那块肚皮上被贴上一块纱布,我就下了床。

手术做完后,手术室外间的护士就一些孕前和孕期情况作了问讯记录,之后给我一张写着注意事项的小纸片,让我去交钱,拿消炎药、止血的药和维生素E,并要我在原地休息两小时观察,然后再回家。

一个月后，羊水穿刺的结果才出来。一切正常，没什么问题。你和我，不用分开了。

你看，这个世界对你还是有着满满的善意的。或许是它招手把你带入这个世界，让你更深地融入它，在这里笑乐歌哭，尝遍人间滋味，感受这个世界也参与书写着这个世界，像你的妈妈以及很多的前人与后来者一样。

3

还有一次被泪水造访是听胎教课，主讲老师给大家催眠，进行情感调适。以前也经历过类似的心理催眠，可是从来都不为所动，那些东西对于内心冷硬的我来说，没起过任何作用。可是那一天，在低回的音乐和主讲老师对生命的召唤下，忽然间热泪滚滚。虽然我自己都不明白那些湿热的液体为何而下。

那一刻我才知道自己的内心已被你改写。我不再是原来的我了，而是一个被你充斥、被你重组了的我。

还有一次，是在一个雨后的清晨，上班步行路过一个幼儿园，孩子们正在做早操，上百个孩子一起蹦蹦跳跳，摇晃着他们浑圆的手臂和小腿，一招一式都稚嫩可爱，有很多名家长都站在围栏外观看。我停下一向匆忙的步履，也混迹其中。音乐声里，孩子们鲜亮的表情、脆生生的动作像闪电一样击中了我，刹那间内心翻滚，脸上忽地就热泪迸流，有巨浪呼啸般的感觉。我看到那些孩子，也看到每一个孩子背后的母亲，那些心意殷殷、目光灼灼、内心柔软的母亲，看到了即将成为她们中一员的自己。

就那样走在清晨空气很好的院子里，腥热的泪水悄然流淌。那并不是突然汹涌而至的母性，更多的应该是对生命的感念。

每一个孩子、每一个生命都是世间灼灼的火苗，掀起母亲内心滔天巨浪的情意。

你爸爸说，当我们长大成人，对那些成长的经历都已淡忘，有了孩子，跟着孩子再重新成长一遍，这挺好的。但愿在你给我们带来的新的生活秩序面前，他还会这么想。还能像面对快乐一样，从容地面对烦恼。

你爸爸还说，我不赞成那些有了孩子，就一切为了孩子，放弃了自己生活的父母。孩子不是借口，为人父母一定还要有自己的生活。要不会给孩子太大的压力，对孩子对自己都不好。

我很赞同他的想法。我们肯定会因你而改变很多，但是，我们还要拥有完整的自己。你一定也需要这样的父母。

据说日本人在向未婚妻求婚时会说："以后你要和我一起辛苦啦！"人生皆苦，这也是我想跟你说的话：亲爱的，以后你要和我们一起受苦了。当命运把我们交给对方，让我们共同历经这苦乐参半的人生。

4

你来前后的这一年，是我的生命中有最多期待、脱胎换骨的一年。

脱胎换骨，它不再是一个空洞的形容词，不是比喻意义的修辞，而是真正的你之脱胎，我之换骨。对于每一个历经生育的女人来说都是这样。

那次做完B超，确定了你在我身上的驻扎之后，你爸爸发短信给我说：我们在这世上将会多一个亲人。

多一个你这样的亲人，我们与世界的关系就会改写。

那是生命中期待汗漫的时光，我开始为你记日记，记下与你有关的生活琐事，因你而起的心事。好像生命从你这里会重新打开。在心里有过多次因你而生的和自己的对话：

如果你不够健康，我会不会不爱你。

如果你不够漂亮，我会不会不爱你。

如果你不够聪慧，我会不会也不够爱你。

如果我要承受这样的如果，我会不会倒下，或者死去。

如果你健康漂亮可爱，我会不会太爱你，爱到丧失自己，丧失其余的世界，因为把你当成了全部和唯一。

一个大肚子的女人，面对的是一个变异了的自己，这时候的她是格外孤独的。孤独，而又强大。

走在路上，目光向下所及只有自己的肚子。肚皮被撑得很紧，很累，一天天走向极限。感受着自己的肚子一天天大起来，高起来，鼓起来，直到看不见自己的脚。不仅仅是生理上的不适，更多的是需要面对很多隐隐的担忧与焦虑。后三个月，每一个夜晚都变得难熬，难以入睡，肚子像要绷裂。膨胀的肚子像一座大山，挤压着周围的器官，怎么躺都不舒服。每晚都只能在频繁的翻身中勉强睡三四个小时。

经常在夜半醒来，再难睡去。常常站在阳台上，与天边的月亮对视良久。

也许是需要找到同道，纾解焦虑，孕期最经常上的网站是论坛上的"亲子中心"。有不少人来这里以孕产时间为标题开帖子，帖子下面便聚集起一批相同月份孕产，来自天南地北的准妈妈。大家在这个帖子里叽叽喳喳，好像有着"同年同月同时生"的共同的身世感与命运感。

我的待产期是7月，所以我看得最多的一个帖子，便是一个也将在这一年7月生产的准妈妈建的。她的心态很好，非常乐观积极，总能从种种问题中找到积极有效的解决办法，并且从中感受到趣味和向上的动力。她在群里表现得像大家的主心骨，既有亲和力，又有一种无形的领导力。大家对她很服气。准妈妈们经常在这个帖子里七嘴八舌地讨论问题，互相化解彼此的担忧与焦虑，互相打气，交流经验。准妈妈们特有的细致、妥帖与情怀，也扩充了我的内心容量，让我感觉，我不是一个人在战斗，不是一个人在煎熬。

有那么多的人和你一样，似乎如此便可安慰许多。

在那个网站，我看到有的孕妇在肚子很大了的孕期末期，依然坚持自己去做很多事情，或者是因为没人照顾，一切都只能自己搞定。我喜欢那种强大的女人，感觉那才是真正揳入生活的滋味。我相信，她因此而调动起来的她所有内在的能量与智慧，都会通过脐带，传递给她的孩子。

我也看到一个80后的准妈妈，开帖记录她的孕期生活，主要是她每日三餐的食谱。她吃得真好，品种丰盛，花样百出。有个保姆专门给她做饭，她还经常去饭店，日式、泰式、韩式、欧式……她不上班，住在京郊的一个别墅里，天天在家里看剧，做了面膜做手膜。她长得特别美，是个留学回来的海归。但是她让我感觉，她还是空落落的，空落得可怕。

就那样什么也不做，毫无建构地迎接孩子的到来，精神上会不踏实的吧。铁凝有个短篇小说《孕妇和牛》，情节很简单，甚至没什么故事，但是写得特别独特动人。小说主要描写一个大肚子的女人，在黄昏回家时遇到一块石碑，看到石碑上刻着17个她不认识的字时，她的所作所为和心理活动："孕妇相信，她的孩子将来无疑要加入这上学、放学的队伍。若是孩子也问起这碑上的字，她不能够说不知道，她不愿意对不起孩子。"所以，她就找来纸和笔，把那些字描画下来，"纸上的字歪扭而又奇特，像盘错的长虫，像混乱的麻绳。可它们毕竟是字。有了它们，她似乎才获得一种资格，似乎才敢与她未来的婴儿谋面。孩子终归要离开孕妇的肚子，而那块写字的碑却永远立在了孕妇的心中。每个人的心中，多少都立着点什么吧。"

铁凝捕捉到一个普通的女人在孕育之时，身上新生长出来的东西：她内心的光芒，她情感里的神圣和虔诚，她对生命的敬畏和满怀的希望。在小说最后，天黑下去的时候，"她检阅着平原、星空，她检阅着远处的山近处的树，树上黑帽子样的鸟窝，还有嘈杂的集市，怀孕的母牛，陌生而俊秀的大字，她未来的婴儿，那婴儿的未来……她觉得样样都不可缺少，或者，她一生需要的不过是这几样了"。小说让人自我净化般地感受到了孕妇的美，生殖的伟大，母性的觉悟与苏醒。

一个女人，必将通过与孩子生命的联结，增大扩充她自己的生命，扩充自己与世界的联系，那种更加深邃紧密和美好的联系。

5

和你见面的时刻终于要来了。

确定好了剖宫产的时间。各种准备工作做好，我就要被推进产房了。那个时间正好你爸爸下楼去车上取东西还没回来。所以，之前在我想象中的，进产房之前，需要和他进行的默默对视，拥抱，两手交握，仿佛能进行血液传递般的那些仪式般的动作，都没能实现。

没有他眼神的护送，仿佛是人生的一个重要缺项。

就像是一个永远无法填补的孤单，在那个时刻。

甚至感觉，因为他的不在场，没得到他在最后时刻的拥抱祝福，会影响我生孩子的结果。

多么虚弱的形式主义。

进入产房的那个时刻,是一道人生的分水岭。不知道命运给予我的会是什么。

一个关系很好的女友,要在我生孩子这一天陪伴我,和我一起见证孩子的出世,我拒绝了。

有一个巨大的无法说出的担心,我怕我生下的孩子有问题,比如,有某种缺陷。

如果真有可怕的问题,我不想让朋友知道。或者尽可能地晚点让别人知道,哪怕最亲密的人。我甚至想过,如果可怕到让我无力承受,我宁愿带着孩子一起去死,在被人知道之前。

最坏的想象,就是这样。

上帝给我一个什么样的孩子,就是我最大的命运。对于每一个将做母亲的人来说,就是这样。

我躺在产床上,几个医生护士忙碌得有条不紊。忙碌中也不耽误说笑。上个季度的奖金发了呀。发了吗?我最近都没看工资卡。发了发了,前天发的。江南春的温泉可以去泡泡,门票不贵。多少钱一张?一百六,里面的设施还不错,回头咱约一起去吧……她们热络地谈论这些,一边双手忙个不停,刀剪器械互相触碰的清脆声音穿插其间。我想静下心来,酝酿情绪,全身心地沉浸于对你的想象与祈祷中,那是我想要进入的一种幽深的肃穆感。但是,总会被她们你来我往的活泼说笑声中断。她们对于迎接一个新生命的熟稔、松弛的态度,和她们在忙活的间隙里流露出来的趣味与自找的乐子混在一起,也蛮有喜感。

那会儿，内心在即将迎来你的神圣与紧张，和面对她们谈笑的家常与放松之间穿梭，好像面对两重世界。

一个人躺在产床上，像是身在一个孤岛，身边是喧腾的大海。只有你的到来，能把我救渡。

7月底的一天，上午11时，你用响彻的哭声跃进我的世界。

被施了麻醉的我躺在手术台上，眼前一片模糊。你的哭声让我的内心一阵战栗，刹那间泪水漫溢。这一切是真的吗？以我之孱弱犹疑，患得患失的体躯，竟能诞下一具真实的有血有肉的新生命。泪水让眼前的世界变得含混不清。护士提着你的小身子在我眼前一晃，说："看，男孩儿！"

感觉到一个黑黑的小身子在我眼前一晃。我按捺住内心沸腾的情愫，轻声问："孩子正常吗？"

"正常。"有人朗声肯定。

不能动弹的我略微宽了心。过了两分钟，忍不住又问了一遍："孩子，都正常吗？"

"正常！双眼皮呢。"有人回答得很爽朗。亲手护卫一个孩子来到这个世界，她们的语气里带着很自然的自豪与亲切。

在心里深深地吁了一口气。那一刻我发誓，从此以后，我不应再对这个世界有任何怨言。从今以后，我应该永远对这个世界充满感激，感恩一切。只因为，老天给了我一个健康的你。

下午从麻醉的沉睡中醒来，可以仔细端详躺在身边小床上的你了。你看上去很好看，白净，安然，正沉浸在甜香的梦中。那个样子，让我感觉到整个世界的温柔和善意。你爸爸站在床栏边，用两只手指对我做了一个大大的V的手势，然后我们都忍不住笑了。

他是想对我说，我们合作成功吗？我永远地记住了那个手势。

两天之后，护士又给你做了听力检查，完全正常。至此，我从怀孕到知道这个结果的那一刻，一直紧绷着的心才全然放下了。你看起来那么好，万分正常。你笑起来和酣睡的时候，尤其动人，令人窃喜。我想，我应该无边无际地爱你。

6

你到来之后的一切，对我都是新的考验。

在嗷嗷待哺的你面前，我几乎没什么时间和心力再做别的，除了手边必须要完成的工作，和偶尔的约稿，我再没有了别的"生活"。感觉每天过得都很匆忙，非常具体和物化。曾经充塞内心的那些华而不实、虚头巴脑的念想，都被因你而带来的种种事务冲刷殆尽。俗话说，生孩傻三年。就是这样。

在月子里的那30天，我没下楼没出过门，时光变得昏昏沉沉，周而复始，令人困顿。有一次，深夜12点了你还不睡，哭闹不止，让我感觉烦躁难耐，恨不得马上把你送人。

后来反思，原以为自己是爱孩子的，原来我爱的只是抽象的孩子。就像我原以为热爱人类，可是一面对具体的人，很容易就感觉内心厌倦，打不起精神。原来我爱的只是抽象的人类。原来我的爱，那么孱弱，经不起推敲。

你9个月时，我们有了第一次长时间的分离，长达7天。因为单位里有个台湾行的机会，正好，我也想借此机会给你断奶。

断奶的过程堪称痛苦。那些汹涌而至的乳汁要生生地给它逼回去，犹如让奔腾的江河断流干枯，需要用力挽狂澜般的力量去堵塞遏制。下班归家，或者半夜醒来，你见到我，像往常一样急巴巴地哭着，挥舞着两只小胳膊向我伸来，指望着在我的怀抱里寻找抚慰，餍足饥肠。但是，我再也不能给予你我曾给过的甜蜜。我徒然地抱着你，让你更加失望难耐，发出更加响亮的哭泣。你能连续哭上20多分钟，整个夜晚都让你哭碎掉了，直到你带着满脸的泪痕把自己哭睡着。

到台湾的第一天，黄昏时候，走在机车奔流、喧闹不休的马路上，忽然感到巨大的空落和难耐，还有席卷全身的懊悔，恨不得马上赶回家，抱住你柔软的小身子。那一刻才发现，原来，我一直在隐秘地享受着你对我的依赖，享受我所能给你带来的身心的欢乐与满足，我那么享受这种深不可测的甜蜜与沉醉，可是，就因为一次台湾行，我就牺牲了你的需要，葬送了自己本可延宕的幸福感。现在，只有承受它给予我的撕扯感与虚脱感。当不能再给予你，我比你更难过，更不好受。这是一种无可逆转，牵心连肺般的丧失。就像曾经，把我们紧密相连的生命的脐带被连根剪去。

断奶，是一种生命的贯通和连接的中断，那种被托付、被填充的充实感再也没有了，我空空荡荡，一无所依。在台湾的那几天，我像一个空心人，无从安顿。所有的风景，都让我感觉残忍。

7

1周岁时,你会趔趔趄趄地走路了。你过生日的那一天,我试着为你写了一首诗,那是你给予我的很多感念的凝结:

从此以后
我去世上的所有地方
都要途经你
我辗转于世界的任何角落
都要穿越你
你是起点
也是终点

因为爱你
我爱上了世界上所有的人
因为
他们曾和你一样
是个柔软的婴孩
躺在妈妈的掌心

因为你
我要原谅世上所有的人

所有的罪与过
所有的丑与恶
因为
他们曾经和你一样
洁白如初
从神那里经过

亲爱的,这是我从你这里生长的心性,我以前从未有过的。你像一束光,照进我们的世界。我知道,抱起你,就像抱起一种命运;举起你,就像举起一种人生。我需要,更有力。

今日不宜肝肠寸断

你有没有耐心
感受一个母亲的疼痛
以及那些疼痛的脉络

1

怀孕六个月之后,我才让我妈知道。因为总感觉要有孩子这事,让人感觉恐慌,很不适应。妈知道后很高兴,这是她盼望已久的事。有天她专门打来电话告诉我:以后,你要每天好心情,想着你就要成为一个伟大而光荣的母亲了!

电话里妈妈的声音,前所未有地爽朗,有力,毋庸置疑。

我感觉很好笑。伟大、光荣、母亲,这些与自己如此不搭、素无关联的词,说的是我吗?但却没能笑出来。也就是在那一刹那间,忽然明白,从今以后,我再怎么不想伟大,也必得被伟大、被光荣、被母亲,这将是我结结实实、无可逃脱的命运。

没有孩子之前，我可以首先是我自己，爱怎样就怎样。有了孩子之后，你只能首先是一个母亲，努力为孩子托起世界。这并非出于什么伟大的母爱，而是一种天赋的本能。对于每一个母亲来说，都是宿命般的责无旁贷的命运。

转眼，做母亲都四年多了。现在，我已经是一个上幼儿园中班的孩子的妈妈了。

幼儿园放寒假前的最后一天，是孩子们向家长的汇报演出，老师要求一名家长必须参加。

这家幼儿园是新建成第一学期招生，所以这场演出不仅是对孩子的检阅，也是对学校和老师的检阅，是向家长交的一份正式答卷，老师们都很重视。一个月前就开始排练节目了，这个月经常在手机上收到班主任通过校信通发给家长的短信，比如要求尽量不要请假；如果最后参加不了演出一定要提前和老师打招呼，因为要定队形；统一演出服装，需要家长做的准备；等等。所以把我弄得对这一天也很期待，我很想看到孩子的演出成果。

这一天终于来了。孩子的姑姑那几天在我们家，我便让她和我一起去。自然，她也很有兴趣去看侄儿的演出。

按要求的时间，家长们齐刷刷来到教室，密密匝匝地在教室四周的小板凳上坐好。演出时间持续了一个多小时，节目丰富，有集体节目，全体男生节目，全体女生节目，小组节目，个人节目；有语言类，集体背诵《弟子规》，有儿歌类，有故事类，有歌舞类；还有两男两女充当小主持人，在节目一开始说开场白和中间报节目，整个一场小型春晚的架势。女生一律白毛衣公主裙小靴子，男生则是白上衣黑裤子运动鞋，每个孩子都如初绽的蓓蕾，鲜亮可爱。

整个演出，孩子们的记忆力、表现力与领悟力，所达到的整体水准，堪称震撼，有好几次家长们都忍不住笑出了声，每个节目表演完都会迎来热烈持久的掌声。相对于一群4岁的孩子来说，能从头到尾流畅整齐地表演完，不塌场，没出意外，已经很难得了。

但是，我坐在那里，却越看越难过，越看越感觉眼前一片黑暗，彻体冰凉。我不知道，我是不是彼时看节目的家长中，心里感觉最不好受，最无法诉说的妈妈。

我看到了什么？

我看到的是，不管是全班集体节目，还是男生集体节目或小组节目，他的位置都是在最后一排的最角落里。四五排的队伍里，我的孩子始终都被安排在最不好、最不易被看见的位置。我想看见他，也得不停地斜着身子仰起脖子，才可能在人群的缝隙里用眼睛逮住他。

我感到了那个角落的黑暗与寒冷。

音乐欢快，气氛欢乐，可是我坐在那里，心沉入谷底。就像一个拿到自己考卷的学生，本以为自己答的题目不差，却得到了一个全班最低分，他如何能正视自己试卷上的成绩？

为什么，站在最后一排最角落位置的，是我的孩子？为什么站在最前排，收获更多目光的位置，是别人的孩子？这一切凭什么？这个问题像刀子一样，一下一下地剜着我的心。

想起来以前听过的有关孩子教育的事：有个幼儿园老师

说过，毁掉一个孩子，只需要三个月。在他心灵如此弱小、稚嫩、没有主心骨没有抵抗力的时候，不需要任何暴力，只需要忽略他，冷落他，用语言和行动来打击他，就足以毁掉他，让他一生都站立不起来。

沉闷的悲伤，乌云一样袭来。我坐在那里，有种溺水般的窒息感。

我也想到了，如果不是我的孩子站在那个位置，那么谁该站在那个位置？总要有人站那儿的。不是我的孩子，就是别的孩子。不该我的孩子站在那里，就该别人的孩子站在那里吗？

2

演出结束，老师交代完假期的注意事项就放假了。时近中午，学校没有安排午餐，所以给每个孩子发了一袋酸奶、一个奶油面包圈和一只香蕉。领到了这些好吃的孩子们欢天喜地，马上沉迷于这一刻的欢喜。抱着这几样吃的，我的孩子也立刻如百万富翁般满足。他不会想到，他妈妈心里的无数波澜，那些正在心里膨胀发酵的感受和想象，黑洞一样吞噬着他妈妈的心。

不管怎样，我必须给孩子笑脸。我告诉他，他将会有长达一个月的假期，他马上开心得像个国王。我表现出像他一样快乐满足的样子。那是此时的我应该呈现的样子。

操场上阳光明亮，天蓝云白，万物和煦，冬日里难得的好天气。俨然岁月静好。孩子们如放飞的鸟儿一样欢畅，在操场上滑滑梯，玩跷跷板，各种跑跳笑闹，不舍得马上离校。和我家孩子一起在滑梯上轮流滑来滑去的两个女孩，是刚才表演节目时站在前排的，一个是小组节目中独自站在第一排的，一个是当了节目主持人的，都是"名角"。她们的妈妈站在她们身后，散淡地聊着天，说着假期的打算。如果不是刚才在节目中看到的那一幕，此刻的两位妈妈，不会引起我的任何注意。这是两个样子普通，面容平淡的女人。可是因为她们孩子刚才所站的位置，让我此刻看她们，心里感觉就像一个失势的人看到得势的人那样，有仰视的感觉了。

　　这种心理感受很不好，虚弱卑怯，又在自我压迫，自我摧残，可是一时挣不脱。内心的隐痛、难耐的心酸，像针尖一样小，又像天空一样大，漫溢无边，难以平息。

　　我差一点和她们搭讪了，差一点言不由衷地去赞美两句她们孩子刚才的表现，带着一点酸涩。话到嘴边又咽下去了。

　　那一刻，站在她们身边，我感到她们是高于我，大于我的。自己完全矮了一截。这是一个人内心的难堪。它无形无影，又深不见底。

　　这种海底冰川一样的阴郁、晦暗、颓败，悄无声息地压迫着我。让我感觉自己皱皱巴巴，不得舒展。我绝望得简直想哭。

　　与内心的孱弱、受损相反，我表现出来的是格外有力量，我主动去抱孩子，紧紧地拥抱他，在他脸上亲了又亲，和他说格外热烈的话，妄图淹没内心的声音，对他的奔跑跳跃表现出了格外多的，远多于平时的耐心……不知道，我是在抚慰他，还是在抚慰我自己。

回家后我想和孩子他爸说说这件事的，我知道肯定会落下他的埋怨——这样的事，他都觉得应该是当妈的负责的事。现在有了这样的事，就是当妈的没做好，是我的缺失。落下这种埋怨我倒不怕，我已经陷入巨大的自责里了。他的埋怨，不会比我对自己的自责更厉害。我只是感到分外虚弱，感觉无力面对将要和他一起陷入的那种失意、沮丧和黑暗，就像无法和哪怕是最亲近的人，一起面对自己的难堪。

一连几天，都被这种情绪拥堵，犹如怀揣一个难以告人，也无人可告的秘密。心酸，焦虑，怔忡，悒郁，难以解脱。

3

几天后的星期天，上午，阳光大好，我在阳台上给几盆花浇水，接到一个朋友的电话。他的声音明亮爽朗，积极有力，我的声音闷闷的，和阳台上饱满的阳光不搭，和他声音里蕴藏着的希望和力量也不搭。他的状态感染了我，没有任何预期地，我忽然和他说起这件事。我想原原本本地说出来。或许也是想找一个人，从中得到解脱和力量。而且，我对自己该如何看待这件事，该持一种什么样的眼光和心态来看待它，并没有自信。一个小挫折就把我打得张皇失措，我感到了自己的虚弱和无力，也许简直是可笑。"想开点"，对于别人遇到的天大的事，我们大都也只能以这样一句空洞的话作出安慰，似乎"想开点"很容易，你想想就想开了。临到自己身上，却难以奏效。我告诉他事情的原委，坦承这几天一直情绪低落，感觉很难过，走不出来。

这根本不算什么事啊，朋友说，我们谁不是这样长大的呢？都要经历种种的被伤害，被忽视，经历各种各样的阴影。我们小时候，谁没有经历过比这更严重得多的忽略和打击呢？你不觉得，那种越是顺当，越是在应有尽有的环境下长大的孩子，越是都很浅薄，我小时候……

我这个朋友没上过大学，家境贫寒，未成年即离家外出漂泊打工，从最底层的苦力活开始，受尽冷眼和冷遇。但他一直保持大剂量的阅读习惯，每天数小时读书，然后尝试创作，直到现在很年轻就出了近十种书，文章发得铺天盖地；他的工作岗位也不断在换，从最开始的建筑工、油漆工、装修工，到现在省级晚报的主笔，在多种颇有影响的报刊开设专栏；没上过大学，却被多家大学请去讲课，在学历是第一敲门砖的今天，他能走到现在近乎传奇。所以，我很信赖他对世事的把握和理解。

他跟我说，任何事情都看你去怎么转化，怎么对待了。那种一帆风顺，在各种条件都很好的环境下长大的孩子，他是没有内心生活的。相反，在不好环境下成长的孩子，他受到冷遇，被挤压，他才会有内心生活的……

内心生活？我嗫嚅，内心生活有什么用？如果一个人要成为作家艺术家，他的内心生活可能还有点用，一切心酸与心碎、创痛与失意，都能成为他写作的源头和动力。如果就是一普通人呢，要内心生活有什么用？在铁板一块的现实面前，内心生活越丰富，可能在现实中越无力。现实中的得势，活得成功与响亮，不比任何丰富的内心生活都好吗？

那不是内心生活，那是内心活动啊，他说。

内心生活与内心活动有什么区别？我不解。

内心活动，是一个人感觉渴了饿了烦恼了痛苦了，这些没用的。内心生活就不同了，它是那种你在遭遇不好的境遇时，你获得的心力。经历什么都不要紧，一切都在于你怎么去转化它。内心生活是沉淀，是发酵，是你对它的消化和吸收，从中获得力量，找到新生。任何事情，都可以成为负能量，也可以成为正能量。正能量可以变成负能量，负能量也可以转化成正能量。就看你有什么样的内心生活啊。

他的话句句敲在我的心上。好像这事完全不是坏事，简直是好事了。阳光从阳台上的玻璃窗透进来，四处跳跃，照亮了花盆里的每一片叶子。

其实我也明知道，公平是不可能的。世上没有完全的公平。不仅是老师，每一个人，都做不到完全的公平。

经他这么一说，感觉宽慰许多。通向想往之地的路，并不只有一条。理想人生，并不只是代表成功，众人眼里的光环，第一名，名校，好工作……这个想想很容易，但是贯彻起来，需要多么强大的心力。需要多大的力量，才能把世俗的眼光与主流价值观隔离开来。我一向心力不足。

内心生活，听起来很迷人，在文学作品中也很迷人。在影视与文艺作品中，每一个富有光彩的人物形象，都是有着丰富的内心生活的。因为作者始终致力于发掘和放大他们的内心。

总之这不是什么事。你也不用再多想。要相信自己的孩子，带他多关注更大的东西。不要陷于这些转瞬即逝的小事中。这些小得失，算什么呢，世界那么大……

他的话，像泉水漫过沙滩。眼前晃动起我身边的那些人，那些看起来幸运的，与不幸运的，顺当的，与不顺当的。到底怎样的选择更好，更能带我们接近我们想要的人生？

4

想起读研时的一个同学，本科时是学生会的组织部部长。学生会干部，所有好事差不多都能近水楼台先得月。她跟我们说过一件事：一位著名主持人来学校做讲座，学生会干部组织相关活动，讲座完了签名售书时，别人都是在操场上排长队，冒着35摄氏度高温的烈日酷暑，队伍排有百米长，而她作为学生会干部就不用排，站在队伍前直接就找他签名了。

她平淡的语气背后，还是流露出了享有特权的优越感。

能享受这样的特权与好处的人生，便是好的吗？就该是我们所追求的吗？是要现实的得利，还是要内心的深刻与丰厚，也许这两者，注定不能兼得。

我想让我的孩子样样都得，了无缺憾，获得整个世界，这可能是每一个初为人母者的幻想吧。作为母亲，孩子的人生与我的人生紧紧捆绑在一起，他的失意就是我的失意，他的落魄便是我的落魄，他的难过就是我的难过。我怕见到他的一点点不好，唯恐他的人生有一点受损。现在一切刚刚开始，刚刚展开，我就幻想一切完美，然后良性循环。而实际上是，我也已经看见，现实中的挫败，会让一个母亲慢慢现实，慢慢放弃。她会被生活掠取掉越来越多，她能让孩子拥有的和孩子所能拥有的，非常有限。

再追问下去，在这么一件渺若沙砾的小事上我指望公平，指望所有他遇上的人都能给他足够的理解和尊重，他能毫无阴影地成长，可实际上，这世上事事都难公平。公平，是永恒的梦想，或许我们永远只能接近公平，而难抵达公平。自己对别人也难免会有这样那样的亏欠，那我的孩子受到了亏欠，又有什么不正常呢？这个世界，就是这样总体平衡的吧。

他受到的那些大大小小的不公正和亏欠，以后肯定还会有更严重、更深广的亏欠，幸运儿永远是少数。这到底会对他的成长之路有多大影响呢？

又和另外一个朋友讨论了这件事。后来他发了一条微博，写道：有时候，身份可疑，被侮辱与被损害，都有可能被逼成写作者，或者其他领域的成功者。如果一个人的身份过于清晰，那么，通常会被日常的，秩序的甚至是平庸的事业包围，最终成为一个聪明的投机客或者面孔模糊的行尸走肉。往往，身份不可疑的人是最缺少创造力的社会群体。

看到这段话，我收紧的心慢慢放开了。

也只能放开。

作为母亲，我定然还会历经各种疼痛，因为孩子而起的大大小小的疼痛，那种痛感比起因为自己而生的，格外加倍。我知道我应当选择相信孩子。相信他会和他的妈妈一样，和每一个必将独立面对世事的成人一样，能够接纳，担当，承受一切。最后，他或许会走向粗糙，麻木，无感和无谓，也将会走向强大，豁达，敞亮与深邃。

必得这样，才能生活。

他所经历的那些不好、那些负面的阴影的东西，可能不足以杀死一个人，却可能会让他成为另外一个人。成为哪一种人更好，更适宜他的心意，就看他的造化吧。

疑虑，只会折磨自己。

唯有相信，相信未来，相信一切。有个诗人告诉我们：光阴皎洁，你不适宜肝肠寸断。

第四辑
你是你所有遭遇的总和

吵架的哲学与高度

叫孩子起床。孩子穿衣服时迷迷糊糊地问："你们俩，吵什么呢？"

两个大人大清早就吵架是很丢人。她有一种无力的羞愧感。她想告诉孩子，再从孩子的眼光和判断去看这件事也好，便把事情起因和孩子说了。

孩子睁大眼睛问："你说这话时，用的是和平时说话一样大的声音吗？"

看来孩子很关心是不是她先大声的。

孩子的关注点真好，一下子就看到了问题的关键，她忍不住笑起来。真不能小看孩子的观察力。

"是啊，我就是用的和平时说话一样的声音，但你爸爸还是很生气。是他嗓门先大起来的。你觉得他做得对吗？"

孩子沉默不语。好像说谁不对都是对他情感的一种伤害。

她鼓励孩子说出自己的真实看法。孩子只淡淡地说了一句："你们俩都有一半不对。"

她明白了孩子的意思。孩子一定是觉得，不管怎么说，你们大起嗓门吵起来了就是不对。

是的，吵架的样子真是丑陋和不堪。她觉得自己真失败。

其实事情小如针尖，都摆不上桌面。

早上，他在厨房准备早餐时，她收拾客厅，拖地板。走到孩子小书桌边时，不知是出于什么心理，她又翻看了一下孩子的语文作业。昨晚孩子做完作业时她正忙于别的事，便破例喊孩子爸爸检查作业和签字。当时他很快检查完了，说没错，然后大笔一挥，就继续陷入他的手机里了。

生字组词，有一个错别字。很明显的错误，他却没看出来。他可是名校毕业。做事这么让人指望不上，她感觉很不快。

这样的错误于她，就像眼睛里的沙子，必须揪出来。她在那个错字旁边画了一个圈。

要不要和他说呢？她知道如果说了，可能会有伤他的自尊，让他感觉恼火。

她在心里掂量了又掂量，决定，还是要说出来。

因为事关孩子的学习。

孩子学习是大事，这道理他总该明白。要是她自己的事，她可以选择压下心里的这根刺。但是孩子的不行。

"作业里又有错误你没检查出来。"当他从厨房走出来的时候，她看着他说。

她觉得自己的声调很平静，只是中性陈述，不带感情色彩，无关指责与抱怨。

没想到他还是一点就着，马上炸毛了，说："什么叫又啊？怎么就又了？！"

"这不是第一回了，有三四回了。"她继续让自己的声音保持平和。

她觉得自己说的是事实。一个月内，这至少已经是第三回了，前两回她也都和他说过。

"你整天就会指责别人，不是指责就是抱怨！"他的嗓门高至变形，空气被擦得喊里咔嚓响。

"你做得不好我说都不能说吗？我说说怎么啦？"她也愤怒得嗓门高起来。

他冷笑："我就那点儿本事，怎么啦？"

他开始摔摔掼掼的，屋里有了刺耳的声音。

事情比她预料的更糟，他的表现比她想象的更恶劣。她想不通一个人怎么就不能面对自己的错误，何况是为了孩子。

最后他居然说了粗话。她觉得不该在女人面前冒出来的那种粗话。

她就说："你少在这屋里说脏话。"

他冷笑："你觉得这房子就是你一个人的是吧？"

她还真没这样认为过。但他总是这么神经过敏地揣度她，她不想解释，只能为他们彼此不了解不信赖的程度感觉冰寒。她只是觉得不该在孩子面前说脏话。卧室的门没关，孩子应该已经被他们吵醒了。

他早餐都没吃，气急败坏地摔门上班走了。

一个好端端的早晨毁掉了。

她坐在沙发上发了两分钟的呆，感觉有点心碎。又懒得进入自己的心碎。是的，连心碎都显得轻飘，让人鄙夷。这么芝麻样微小的事你都心碎，你天天心碎得过来吗？

让孩子面对这样的早晨，真糟糕。她不觉得自己有什么不对，可他为什么会是那种态度？

她想起来妈妈原来总好抱怨爸爸洗菜洗不干净，妈妈会专门把没洗干净的菜择出来拿到爸爸眼皮底下让他无话可说。有次妈妈的一个朋友告诉妈妈，不要说，就当没看见，自己去洗干净就是了。

她是和妈妈一起听到这话的，她当时就感觉，这个阿姨真智慧。可是现在到自己这里，不还是重蹈妈的覆辙吗？

她又想起三毛在一本书里写到的，荷西彻夜不归，直到清晨才走进家门时，三毛本来也是满腹怨气，却什么也不问什么也不说，只是低下身来，加倍温柔地去给他擦皮鞋。

窗外传来两声清脆的鸟鸣。她看到阳台外边，空气是淡蓝色的。这样的早晨，做什么都是好的，居然会用来吵架。她想起诗人王怡的诗，《如果非要争吵》：

来吧，如果非要争吵
就为天上的事物争吵吧
谁是雨的父，露珠出于何家？
谁说一根针尖上能站几个天使
是全无意义的论题？
基督是谁，谁是基督？
为何先知总在自己的家乡被藐视？
且慢，在我们辩论任何题目前
岂不先要判断任何题目的价值吗

如果非要争吵，来吧
趁生活还没有全面展开
不要把首要的问题留给暮年
……
来吧，如果非要争吵
就回到语言，回到哲学
小心翼翼地定义，那些难以定义的
词语。譬如爱。譬如心，灵，魂
及三者的差异
甚至，我们首先应该争吵
对于人类的不同理解
谁是人，谁又成为了我们？
……
来吧，如果非要争吵
让我们一直为天上的事争吵
你看空中的飞鸟，不种，不收
上帝仍然养活它们
何况我们并非懒惰，只是忙于争吵
关于人的得救，关于罪恶的力量，以及
十字架为什么被立，又为什么被拆下？

　　明天开始，关心粮食和蔬菜。明天开始，只能为天上的事争吵。对着空气，她不由自主地冒出这么两句。
　　"你说什么，妈妈？"孩子问她，眼神里亮晶晶的。

你的生活那么值得展览吗？

1

有一年夏天，在银川参加图书博览会，之后和一个朋友一起到宁夏著名的回乡文化园、沙湖和沙坡头旅行。对于内地人来说，西域的风景奇特，每到一个景点，周围都能听到相机的咔嚓声，人们不是在拍照，就是在被拍照。只有我这个朋友沉静地不为所动，始终散漫轻逸地走着。我问她："你的相机呢？不拍照吗？"她说："我没带相机，是故意不带的，就想好好感受。相机会割裂心灵感受的完整性，试着做一次没有相机的旅行，感觉轻盈自在，真的用心看到了山川万物。"

那一刻，我被她的话镇住了。

于是我也收起相机，尝试面对景致，全心沉浸与融入的滋味，好像真的抵达了各种感官的自由与逍遥。在回乡文化园，领略到了异族人生的温柔恬静；在水洞沟，感受从3万年前到500年前的穿越，一步千年；在沙坡头和腾格里沙漠，骑骆驼，坐羊皮筏子，沉浸于截然不同的生命形态；还有面对沙湖湿地公园里静默的芦苇，西夏王陵和贺兰山岩画，和无边的戈壁滩时，我们都没有用相机中断自己。恍然发现，面对世界，有时候，我们需要保持永远的懵懂与静默。

后来回味，那次旅行，反倒在心底留下了更多的记忆底片。

2

在任何一个好景区，都要面临人多的压迫。在最佳观景点，往往也是最佳拍摄点，总是人潮汹涌，行人熙熙攘攘，都想要在那里拍照，希望周围的人不要出现在自己的镜头里，只要自己和景物。这是刻意营造的虚假。似乎，你千里迢迢赶赴而来，只为此刻这镜头前的一笑。这笑也是只为镜头而笑，是自我虚拟。再好的景致，人一多，给人的好感便大打折扣。你站在那里照相，竭力掩饰此前人多的焦躁，和此后马上要让位给别人的尴尬，竭力露出恰到好处的笑意。

似乎，你此行有没有留下遗憾，全在于在这个镜头前的一笑了。

镜头记下了属于你的仓促的这一秒。咔嚓一声，成为你千里迢迢来过此地的证明。证明得真实而又虚妄。你照相的时候，或者站在那里的时候，不断有人对你说：让一下。请你让一下，让我拍个照。差不多每个人，都在那妄想驱逐来自前后左右的人，为自己赢得一个没有干扰的镜头。这很难，也是在加倍焦虑。即便是只要一秒钟的配合，也太难了。局促的人生，容不下这清静的一秒。

不如，放弃此念好了。不如就留下人海中的一张脸，人流中的你，这才是那一刹的真实，也是你和游人在人世间的真实交集与彼此照应。

3

几年前有过一次春节期间的旅行，是和一个女友。同为大龄失婚文艺女青年的我们俩结伴去印尼和菲律宾。单身就是自由，别的都是夫妻，母女，母子，或者一家三口的组合，只有我俩是自由单身组合。一路万事皆好，只有一点，女友狂爱拍照，尤其是爱给自己摆拍。到任何一个景点，都拍个不停，仿佛去那里只不过是为完成自己到此一游的证据。作为同伴，我只能成为她的首席摄影师。每次拍完，她都会在相机上把照片倒回来一一检查，看抓拍的效果，看自己笑的样子是否到位。稍有不满，便需要返工重拍。一般都需要两三次的重拍，才能在她那里过关。半夜从一个景点赶到另一个景区的酒店，困倦已极的时候，打开房门刚要进去，她也马上拦住，说：哎，先别动，我拍几张照片。感觉那一路什么也没做，都在拍照了。拍得太多，便觉出镜头里各种姿态的虚假与索然，好像惺惺作态。

为减少拍照的频率，后来我懒得再给自己拍了，好像拍伤了，觉出无聊。我的不爱拍和不想拍，在她眼里成为没情趣、没意思的证明。价值观出现裂隙。

后来在旅程中的大巴上，两人便经常各坐各的，各怀心事。

看来，选择旅伴，有一点很重要，是要选择有相近拍照频率的人，这样在旅程中才可能合拍，否则关系容易分崩离析。呵呵。

4

有一个迷人的句子，叫来一场说走就走的旅行。"旅行"这个词，不管是音、义还是形都很美。旅，是天涯羁旅，自我放飞。行，是行走，走在路上，面对新奇与未知，探险和发现。我们为什么需要旅行呢？也许是需要时空的变幻。需要在一个新鲜的时空中，感受另一种世界和自己，需要一种陌生感，需要从身边世界出走。

诺贝尔文学奖获得者略萨说过：我只有生活在巴黎的时候，我对秘鲁才有更深的认识。旅行的作用，大抵如此——拉开距离，置身于一个更宏大的视野中，才能对自己身处的位置看得更清晰。

有年春节，我和亲戚带着孩子一起去桂林旅行。亲戚家的孩子五岁多，特别淘气，有着层出不穷的破坏欲，好像只有从破坏中才能找到存在感与快感。一路上好戏不断。在去景点的大巴上，他总要坐最后排，袭击坐在前面的人的后脑勺或是拽人家头发，然后自己躲起来嘿嘿傻笑；在北海的客轮上，他使劲推撞船上的木门，门上的玻璃被震落下来，碎了一地，弄得四座皆惊；在漓江边，他抢着要自己照相，把妈妈的相机抢过来咔咔咔一通乱拍，然后一把把相机扔在江边湿地上，看我们在一边气恼的样子他却站在一边乐和……

每一次破坏之后,他的手心、脸上或屁股上,都会挨数下他妈妈重重的巴掌。但是管不了五分钟,下一个破坏行动又开始了。一路上都是伴随着他不知停歇纷至沓来的闯祸以及之后他妈妈的打骂,一路都充满了暴虐的气息。这成了恶性循环:越闯祸就越挨打,越挨打就越不听话越要搞破坏。一天下来,同团的人里没有人再敢碰他。当然,他妈妈也好生尴尬,颜面尽失。一路上,他妈妈全都处于看护他别出岔子的紧张不安中,兴致被他败坏殆尽,再也无心良辰美景。而他除了搞破坏和吃之外,几乎找不到别的兴致和热情。只有在吃的时候,他的注意力才会专注于食物上,心理暂时得到满足。其余的时间,他的精力与兴趣都处于空虚和了无着落之中。对于导游介绍的景点,不管是千年榕树还是只有此地才有的稀有植物,不管是象鼻山还是冠岩溶洞,不管是阳朔的水波还是北海的银滩,他的表现都很无感,已经有了一种成人式的漠然和无动于衷。

他的表现和反应让我感到难过。法国作家圣·埃克休帕里曾把一个衣衫褴褛但长相聪颖,常在北非某市街头游荡的阿拉伯少年描写成一个被埋没的莫扎特:他绝不会受到训练或培养。这个孩子自由吗?

"也许你一生下来就具有成为诗人、音乐家或天文学家的才能,但在时间还不算太晚的时候,没有人拉你一把,时机一过,就再也无法唤醒在你身上沉睡着的这些才能了。"才五岁多,他的眼睛却已经无法"睁开"看到世界了。他的内心已经闭合,无法感受世界的新鲜与多样。所以除了吃和破坏性的行动,他的能量没有别的释放途径。

虽然他在学电子琴,学画画,五岁就上了一年级,因为他的妈妈一心想要培养他,对他施行各种早教,但是,他没有与这个世界融洽相处、温柔相待的能力。在年龄如此之小就丧失了这样的能力,我感到难过。我不知该怎么和他妈妈交流这些。要说清楚真是艰难。我也担心,我的哪怕委婉的批评,都会伤了他妈妈脆弱的自尊心。

后来在阳朔西街,他和我们失散了五分钟。那时下着小雨,地面湿滑,打着伞的人们充塞着街道。找到他时,他正在人头攒动的街头万分心悸地放声大哭。是以为他妈妈把他扔了,再也不要他了的那种哭。那分明是因为他所遭受的诸多打罚,而使他对包括妈妈在内的人都丧失了信任感的表现。

那个孩子在异乡街头失声痛哭的场景,长久地撕扯着我的心。

旅行尚未结束,他和他妈妈都表示,以后再也不想出来旅游了。他说旅游太受罪,而他妈妈感到的是辛苦和疲惫。

如果没有能感受万物的心,没有能够发现的眼睛,那么出门旅行,一路奔波,真不如在家睡觉嗑瓜子看电视来得悠闲。

夏丏尊在《生活的艺术》里写过这么一段:

李叔同在某小旅馆住过后,被问及"那家旅馆不十分清爽吧",回答:"很好!臭虫也不多,不过两三只。主人待我非常客气呢!"

所以夏丏尊看到的李叔同,是"在他,世间竟没有不好的东西,一切都好,小旅馆好,统舱好,挂褡好,粉破的席子好,破旧的手巾好,白菜好,莱菔好,咸苦的蔬菜好,跑路好，什么都有味，什么都了不得"。

不同的心灵质地，看到和感受到的是多么的不一样。

那一路旅行，虽然前后几天都下着蒙蒙细雨，路滑不便，虽然每顿团餐都不够丰盛，远比不上家里的可口，虽然很多景点我几乎是全程抱着孩子走过来的，包括在山里上上下下很多台阶，抱着孩子走路的疲累无法想象，但我还是不忍心感觉不好，都挺好的。在桂林，才知道这里的桃花、茶花、油菜花在2月就盛开了。中原一带4月才有的春天的气息，这里却是二月春来早；在除夕夜，与来自天南地北的一个团的人坐在一起吃年夜饭，团餐不够丰盛，我们就AA又加了两道大菜，还有人自费添了一瓶酒与大家分喝。与一帮本来全然陌生的人围坐在一起，吃一年中最重要的一顿饭，亲若一家，那种感觉很是奇妙。最重要的是，让孩子领略到了这个世界的大不一样，感受各种新鲜与有趣，我觉得很值。旅行打开了他的眼界，我希望从此，一直，他的心灵与世界之间可以通达。

如果你去旅行，那就首先准备好与旅途、与风景相匹配的心吧。让自己打开，融入，沉淀，感受。如果在旅行中，依然还活于一地鸡毛中，感受的也还是一地鸡毛，那可真是愧对风景。

如果把人生当作一场面向现世的旅行，那么其实每一天，我们都是在路上。在向前赶路的时候，别忘了，要有时时跳出来打量人生和自己内心的能力。

偷时间的人

她年近四十，已经出了20多本书，有些书影响很大。她做了绝大多数人永远都没有时间做的事，好像她是时间的富翁一样。每当有人和她说起，也想如何如何，但就是没有时间之类的话，她都淡淡一笑，不作回答。时间这个东西，就像钱一样，谁都会觉得不够用。

在她心里，时间有两种：一种是不用工作，不用干家务，只属于自己，有想干什么就干什么的时间和空间，这是一手时间。这个时间当然是最宝贵的。在一手时间，她大都会坐在电脑桌前写作，奋笔疾书。当然，奋笔疾书大都只是理想中或想象中的状态。更多的情况是，下笔艰难滞涩，写了删，删了改，收成惨淡。那是一场和自我、和意志的拔河。

对于有工作，还有洪水一样滔滔不绝的家务和孩子，她所能拥有的一手时间非常有限，相对于需求来说，简直少之又少。她的诀窍在于，她会利用二手时间。

什么是二手时间？

就是你身不由己，必须要做的事情，但是你并不会为之投入和用心的时间。那时候，她的身与心是分离的，她也练就了分离的功夫。因为她的职务、身份和影响力,她需要参加很多会议,大都是需要坐在主席台上,一个会下来经常就是半天一天。在应付完需要她发言的时间段之后,在台下的人看起来,她一直在笔记本上写着什么,好像是在做笔记。其实,彼时,她心骛八极神驰四荒,在写她自己的东西。她练就了这样的能力,恰恰是在这样一种有点紧张感与压迫感的时候,她写的东西更加诡异斑斓,风味独特,更具一种令人心跳加速的节奏。就像经过压榨之后的粮食酿制成的酒,越发醇厚;就像历经碾轧的水果做成的蜜饯,所有的甘甜都被压制于那一小块,令人销魂。

开会时领导讲话大多是念稿子,讲话稿经常洋洋洒洒数页甚至十几页。有时候,明明讲话稿已发到每一个与会人的手里了,还要再一字一句地听人家念,那不是浪费光阴又是什么?

她就是那样在很多会议的主席台上写下很多小说片段,突然得到很多灵感,在那些瞬间,她笔下字如泉涌,那个酣畅淋漓,近乎野外偷情一样的痛快。那是她秘而不宣的甜蜜。后来她发现,她在某些冗长会议上的收获,反倒成为她小说中最具华彩的部分。

还有一些二手时间,是那些看起来纯属浪费的时间,比如排长队,堵车,在医院挂完号之后的排队候诊,在机场的候机厅和火车站的候车室度过的时间,等等。每逢这些时候,周围的人大都毫无着落,或者焦虑烦躁,他们煲电话粥,玩手机,东张西望,这是大多数人的无效时间,除了水流一样哗哗地浪费掉简直别无出路。她总能在这些等待的时间里不慌不忙,气定神闲。她包里永远装有一本书。她会喜悦地捧着一本书看，让自己马上进入书中的世界，这让她面对周围的人脸上的焦躁时，有一种隐秘的优越感。她不明白那些人怎么就那么容易没着没落，陷入无聊。好像那一段时间，并不属于他们生命的一部分，只该得到诅咒一样。他们难道想不到，不尊重那一段时间，就是不尊重他们自己的生命？

她经常飞来飞去，出去讲课或开会，所以，她有很多候机的时间，她在这些时间完成了好多首诗，还有一些千字左右的专栏文章。待到飞机起飞或火车开启时，她合上笔记本，看着机舱外的云或车窗外的风景，感觉特别满足和适意。

不管是一手时间还是二手时间，都一样是自己生命的一部分。在她眼里，一手和二手，甚至已没有优劣。一切全在于自己的内心。她知道，如果你的内心不够丰美，你置身于任一空间都会感觉枯涩。

一个人的私奔

"我想失踪几天，别管我去哪里，也不要和我联系，几天后我就回来。"

她说这话时没有上下文铺垫。他正在和她说起白天单位里的一些琐事，刚说完，就听到她冒出这么两句，好像是说她饭后去超市买块肥皂。

他愣住了。正要去夹那块红烧鸡翅的筷子在空中停顿了一下，好像突然失去力量，便转而夹向他面前的那一盘凉拌黄瓜。黄瓜被他放进嘴里，嚼黄瓜的脆响在空气中显得生硬而迟疑。

按照惯例，她和他说什么都不是来和他商量的，而是作为一个毋庸置疑的决定来告诉他的。

这时她的手机响了。她快速地拿餐巾纸擦了擦手，然后接电话。她在电话里说嗯，对，是这样，就这么着，好，几个精简的字句结束了电话。作为一个重要单位的二把手，她每天都要接很多这种无须流露任何感情色彩的电话。电话完了她走到阳台上，坐在阳台中央的摇椅上。他看到她在摇椅上轻轻摇晃，黑色纱裙在风中微微飘起，貌似岁月静好的样子，却让他的心沉坠得格外疼痛。

他没有追问为什么。他不能问，也没法问。不问，似乎就可以把两人之间的问题遮蔽起来，犹如海面下的冰山，没有谁能看见。他无从知晓她要去哪里，去见谁、干什么，他只相信她总还要回来的，他们有孩子，她的工作她也不可能丢掉。

一天后，她坐上通往邻省一座城市的高铁。两小时之后，在一家临近湖边的酒店住下。

一进酒店她就拉上窗帘，把自己扔到床上沉沉睡去。一场多年不曾有过的酣睡。

夜幕降临时她醒过来。我是谁？我来自哪里？我要去哪儿？她靠在床头，被暮色中冒出来的这几个问题弄得一阵茫然。手机很安静，因为调成了飞行模式。现在好了，这个城市的一切都与她无关，没有一个人认识她，这种感觉真好。

这么说也不对。这个城市里，有一个她最看重的，也曾是她最热爱的人——林桐。

年轻的时候，他们曾经每个月通信，用最温柔谨重的心情，给对方写下最认真的文字。后来有电话了，他一次能给她打一两个小时，接得她耳根发烫。然后他们各自结了婚，因为他们不在一个城市。他们都深明大义。

现在与他的距离不过是高铁两小时。她从不后悔没和他走到一起。对她而言，他简直完美。完美得就像一个梦。她不能想象要那份美好，去经受现实的淘洗和损耗。

现在她入住的这家酒店，就在林桐所住的小区旁边。两年前他从欧洲访学归来给她寄过礼物，留的就是这个小区的地址，她一直还记得。

一个月前，她身边的一个朋友遽然离世，才四十岁出头，让身边的人都很震惊。朋友刚刚提到他盼望多年的一个位置上。他为此付出多少代价只有他自己清楚。可是刚上任没多久，因为连续两天的熬夜加班而心肌梗死，猝死。遗体告别时来了上千人，因为他的地位。可是那又怎么样？死取缔了一切。死让一切现存的东西变得轻飘且可疑。朋友的离去让她心慌。她自问了一下，如果她很快就要告别这个世界，那她还想再见一面的人是谁？是林桐。

他们疏离已久，有意或者无意。但是如果这世上还有一个人让她觉得干净和美好，那就是他。他曾在有一年的圣诞夜给她发过祝福。还有一年他托一个同学给她带过礼物。她关闭了朋友圈，只有他发现了并且马上微信她问为什么。在每天的仓促匆忙中，她常常觉得需要安慰，但却不知道什么才足以安慰。见见他，和他在一起待上一天半天，哪怕什么也不说都会是巨大的安慰，她想。

但是，她害怕这种没来由的联系是一种唐突，甚至是打扰。她还没想好要不要联系他。好像这种对他的想象也是对他的一种享用。睡了一个好觉，她发现镜子里的自己气色也好了很多。她多希望让他拥抱到现在的她。

第二天在酒店翻了一天闲书。晚饭过后，她去酒店旁边林桐家的小区散步。微信运动上显示，他每天都会走一万五千步以上。让人心跳加速的是，她果然看到了出来散步的林桐，还有他的妻子。但是她在暗处，他们不可能看见她，或者根本不可能想到是她。他的妻子穿着家居裙，微胖；他们没有手牵手。天底下的中年夫妻，身体都是井水不犯河水的吧，她想。走了一会儿，起风了，应该是女的眼睛迷住了，站在那里揉眼睛，她看见林桐走上去，帮女人吹眼睛里的东西，吹了好几下才好。

这普通的一幕，让她心里暗流涌动。也让她想，她干吗要突然找上门来打扰他现在的生活？见了面又能怎么样，还不是要各回各家，重回各自的生活？她突然很害怕可能发生的一切。

就这样远远地看着他，已经很好了。出来过了两天世外桃源般的生活，也很好了。她的男人果然没和她联系，不知道这是不是爱，但至少是对她的尊重与信任。于现在的她而言，这远比爱重要。

一次放任的出行就像一次贴地飞行。飞不高也飞不远，但是，相对于永远匍匐在地的人，她觉得已经够了。

女人20，30，40，50

30年前，她刚刚大学毕业。爱穿短裙子和白球鞋。坐在一间很大的办公室里，她的声音清脆，眼神明亮，爱说爱笑，表情丰富。她谈了一场惊天动地的恋爱，对方比她大好多，但是两人不管不顾地爱了。爱情起伏不定时，她憔悴的样子谁都能看出来。那时她是多么勇敢生动的姑娘。

20年前，她成了游刃有余的办公室主任。人们经常见到的她表情只剩下寥寥几种：露八颗牙齿的微笑，眼神里带点凌厉的冷，不动声色的平静。偶尔流露的风情，只给特殊和特别重要的人。时不时变换的，只有她的碎花长裙和脖子上的丝巾。只有从丝巾的变化中，才可能捕捉到一点她内心的潮汐。她是让人有点想法，又不会有太多想法的那种，她的分寸感最好不过。

10年前，她是公司副总。只穿套装，中跟皮鞋，以黑色居多。头发烫成了波浪。特别忙碌。经常飞来飞去。说话节奏极快，一分钟平均吐出126个词，眼珠都不带眨一下。她的下属需要非常专注，才能打捞出来那一分钟里蕴含的丰富信息，还需要低眉应对，她时不时闪现出来的声色俱厉。不管是MIRACLE还是GIVENCHY，都盖不住她身上泛出的冷。

有次出国考察，去北欧，总部老总带着她和公司里的一帮重要角色，有几个重要合作协议需要在这次考察中达成。有人在子夜时分的走廊地毯上，撞见她从总部老总房间里猫一样悄无声息地走出来。这个扑朔迷离的绯闻，很难说是为她加了分还是减了分。只记得那两年，她的表现偶尔也很奔放，似有无须掩饰的喜悦。黑色套装里不知是有意还是无意露出的内衣，有着特别性感的蕾丝。酒桌上的她，偶尔也会笑得开怀，爆发出来那种蓄积已久的热烈。那些旁逸斜出的细枝末节，是另一种味道截然不同的她，让人分不清，哪一个才是真实的她。

　　后来总部高层出事。因为几笔特别巨大的投资，出了严重的经济问题。集团上下人事动荡，一时风声鹤唳。被牵涉进去的女人，却是另外两个。其中一个，尤其漂亮，漂亮得如同身在云端中的仙女。可是她却完好无损。

　　不知这对她是悲还是喜。

　　有人发现，那一阵她的黑眼圈持续了好长一段时间。

　　30年前，20年前，10年前，都哗一下掀过去了。

　　现在。现在她经常坐在大会主席台位置，出席名目繁多的各式会议。身上的标签是一个级别更高的虚职。这个角色令人满意。无须费心，却又经常需要抛头露面，比如坐在主席台上，把一个会从早上开到中午。她习惯了在会上朗声去念那些不咸不淡的稿子，而无须承担背后的那些棘手。好像多年媳妇熬成婆。她烫成大卷的头发特别黑，经常半年一染。爱穿针织开衫。好像年轻时有过的很多坚硬，复又变成柔软。俯视台下时，她的眼神几乎就是温煦的，好像三十年前，她初涉爱情时的模样。

  时光如箭。现在的一切看起来都很好。对生活，不能再有更多期待了。虽然与比她更成功的先生已分居多年，但是先生还是会在公众场合很配合地和她扮恩爱。

  现在，可能唯一需要掩饰的，是她眼神里不小心流窜出来的那把荒芜。

第五辑
在内心的痛处开花

那种自我意志,是和命运的巨手拔河

在中国,我们幸有鲁迅这样一个伟岸的参照。

以我有限且粗浅,常常不求甚解的阅读来说,怎么谈论鲁迅,都难谈出新意与高度,只恐暴露轻浮和孟浪。但我还是常常会以我低矮的人生,揣测和想象鲁迅。

在处理个人事务上,我以为最为震撼的,是年方25岁的鲁迅在婚姻上所做的看似不抵抗,实则石破天惊的抵抗。这是他个性上深刻的不妥协和坚守自我的精神。

1906年的夏天,在日本留学的鲁迅被母亲骗回老家完婚。婚礼完全依照旧式的烦琐仪式进行。周家族人都知道鲁迅是新派人物,担心发生争斗,或是上演一场难以意料的大戏,所以就排开阵势,里策外应,预备好了七嘴八舌劝诫他的说辞。然而,让他们想不到的是,一切都很正常,司仪让鲁迅干什么他就干什么,就连鲁迅的母亲也觉得异常。鲁迅木偶似的配合大家走完一系列演出般的仪式。但是,新婚燕尔的他却做得很决绝:搬出新房,睡到母亲的房中。面对母亲全权做主许配给他的那位不识字,且缠足的新娘,他以此表明自己的态度。

"她是我母亲的太太,不是我的太太。这是母亲送给我

的一件礼物，我只负有一种赡养的义务，爱情是我所不知道的。"鲁迅这样对朋友说。

鲁迅25岁完成形式上的婚姻，实则一直坚守身体上的荒凉，直到45岁他拥有许广平之前。这20年，正值一个男人的青壮年，那些个黑夜，他是如何度过的？我想，如果说他对朱安残忍，那么他对自己其实更残忍。如果说他对朱安狠，不如说他对自己更狠。对自己，简直是凶残。每一个深夜，他宁愿走向死寂的书本和纸笔，也不愿走近身边那个温热的女人。以我的想象，如此抵抗一两个月，尚有可能。抵抗一年两年，万分艰难。可是鲁迅，是20年。他坚守在婚姻内的独身。这简直是非人，超人，也是至人般的选择。

这真是无法想象的内心力量。这种自我意志，无异于和上帝的巨手拔河。

我们经常好用的一个词是，身不由己。面对形势的胁迫，环境的淫威，外力难以撼动的挤压，我们的被动与无能为力，总会改写我们的人生走向。我们总是太容易妥协，变节，走向自己的反面。然后把原因与责任，罪愆与遗憾，推脱于社会，他人，各种外因。我们活得苟且而猥琐，狭窄而低迷。就像鲁迅笔下的魏连殳："我已经躬行我先前所憎恶，所反对的一切，拒斥我先前所崇仰，所主张的一切了。我已经真的失败。"直至最后，面目模糊，初心尽失。

在种种身不由己之时，我们常常会想，先这么着吧，以后有机会了，再扭转乾坤重新来过。但是往往，我们在生活的泥淖中愈陷愈深，直到再也拔不出来，彻底丢失自己。

据说鲁迅为了束缚自己,在严冬季节还穿着单裤。有一次他对孙伏园说:"一个独身的生活,决不能常往安逸方面着想的。岂但我不穿棉裤而已,你看我的棉被也是多少年没有换的老棉花,我不愿意换。你看我的铺板,我从来不愿意换藤绷或棕绷,我也不愿意换厚褥子。生活太安逸了工作反而被生活所累了。"

看这段文字时,我感觉自己牙根都是酸的。想来,是感觉那种生活,让人咬牙太久且太狠的缘故。

我有一同学,多年前在校时极有抱负,自视甚高,家境不好只读了中专,毕业后在县城过着不得志的小公务员生活。没钱没地位没背景,以他的条件,找不到他理想的结婚对象,索性,他就选择和一个没上过学的农妇结了婚,很快生了孩子。有一次他打电话给我诉说他的生活:原以为找一个文盲,她能完全听自己的,好控制,没想到,这样的人由于无知,没有判断力,更加不好控制。两个人过得很不好。从他说话语气的萧索与茫然里,我不敢想象他内心的水深火热。但是,一个孩子已经因此而出生,我不知道还有什么力量可以更改。

几年之后,这位同学自杀,也有人说是酒后失足。我的毕业纪念册里贴有他的照片,那副桀骜不驯的眼神,还有他当年写给我的那段洋洋洒洒的留言,还会在某些深夜里刺痛我。

一个人所要面对的生活,完全不是他能自主的,也不是他所喜欢的,只会让人陷入深深的悲哀与绝望。很多时候,我们的不自由和不自主,面对生活的无力感,不过是没有更为强大的心力,与更为强悍的意志。

1934年的鲁迅，在给萧军、萧红的一封信上说："在中国，单是为生活，就要花去生命的几乎全部……单是一些无聊事，就花去许多力气。"在已经现代化、工业化了的现今，我们面对的生活境遇，其实依然如此。

当然，鲁迅也不是铁板一块。鲁迅有他作为铁人的一面，也有他可爱甚至孩子气的另一面。周海婴在回忆父亲的文章里，这样写道：

> 偶然在睡意迷蒙之中，听到"当啷啷"跌落铁皮罐的声音……我就蹑足下楼，看到父亲站在窗口向外掷出一个物体，随即又是一阵"当啷啷……"还相伴着雄猫"喵喵"的怒吼声。待父亲手边的五十支装铁皮香烟罐发射尽了，我下到天井寻找，捡到几只凹凸不平的炮弹，送还给父亲备用。

鲁迅之所以在深夜这样，是因为深夜里"雄猫公然在小平台上呼唤异性，且不断变换调门，长号不已。雌猫也大声应答，声音极其烦人，想必父亲文思屡被打断，忍无可忍，才予以打击的"。

原来，鲁迅也会这样调皮。

我想象中，鲁迅在众人沉睡的深夜中发射这样的"炮弹"，是掷向长夜漫漫的寂寥，也是他消解困顿、软化自我的方式。

放弃很重要,不要心太毛

见到柯云路之前,他是我异常熟悉的陌生人。从16岁开始就看他的书,从《新星》到《夜与昼》《衰与荣》,从《孤岛》到《成功者》,还有《东方的故事》《嫉妒之研究》……几乎读过和买过他所有的作品。对我来说,这是一个深刻影响了我的心智和人格建构,影响了我看待世界的眼光的作家,就像精神上的一个至亲。

在成长的道路上,幸而有他的作品照亮。他的书让我及早地告别身心的蒙昧,告别黑暗,减少了内心的很多惶惑、紧绷与动乱。

有幸编辑出版过他的一本关于情商训练的书《曲别针的一万种用途》和散文集《让生命没有遗憾》。前一本书出版后,我约他做一个访谈,所以我们在北京有了一次会面。

见面的地方是在他提议的一家四星级酒店的大堂。他的助理在前一天短信告诉我,不要迟到。怕路上堵车,我在那个冬日的清晨早早出门,结果比约定见面提前半小时就赶到了。走到酒店门口,只见前面一个身影,走路沉稳,直觉应该是他。果然是。原来他也是怕路上堵车而提前出门。为这样的巧合我们相视一笑。

柯云路先生个头不高,头发斑白,穿着一件拉链没拉的棉夹克,表情平和清淡。我和他打招呼时,他的笑容轻淡得几乎读不出来。那可能是一个名人,面对一个初次见面的非名人的典型姿态。

一上午的访谈中,我两次提出来点点儿茶水之类的,第一次,他说过会儿再说;第二次,他说,不用,我谈话的时候一般不喝水。结果,整整半天,这是一次没有任何消费的谈话。没有点单、等候、端起茶杯及喝水的动作,没有任何干扰与中断,是个非常纯粹的访谈。我忽然明白了他这些年来为什么能写那么多书,做那么多事——因为他能如此地纯粹和专注。

《曲别针的一万种用途》的内容源于他在北京一所大学所做的几次讲演,他想做出一个对人的心理进行有效训练的文本。曲别针的一万种用途是喻指,意指开放自己的思维模式,冲破对自己的局限,做一个有无数种用途的人。谈到人的情商是不是先天性有高低,他说,有些看起来是先天,其实是一个小后天。大多数情况下都是家庭环境造成的。你要想变也一样可以变。在小学阶段可以变,在中学阶段可以变,到大学阶段还可以变。越变得早越好变,越变得晚也不是不能变,你只要有方法有决心,也一样可以变。

问及他的家庭教育是不是对他有很好的影响,他说是,这一点他非常感谢自己的父母。他父亲是个工程师,他们的教育特别简单。

"我总结了很多成功人士。我觉得很多成功人士,恰恰是他们父母很少干预孩子,父母让他自由发展。父母对我最好的影响。我总结过几条,其中第一条就是尊重孩子,不干预孩子,不约束孩子,不唠叨。我父母其实就没管过我学习。他们只是对我特别信任和欣赏。他们那种微笑面对你的态度,让你对学习有了兴趣,仅此而已。我父母从来没有说陪读啊,检查你学习督促你学习什么的。他们对你也从来不训斥,不唠叨。他们老是很欣赏你。比如我拿一篇作文回来了,我爸就特别高兴,说你写得真好,你怎么能写这么好!家长对孩子的态度特别重要。"

谈及这些年他遭遇过的风风雨雨,问他是怎么走过来的,他说:"人生都是有起伏的。经过人生的锻炼,我所得到的信念就是对所有的事情都要能够接受。在你最困难的时候,你知道它是暂时的;在你得意的时候,你要知道这也不是永久的。没有一成不变的事情。顺利的时候,我也没有什么惊喜。你们觉得我倒霉的时候,我也没有那么悲观,我觉得这是修养身心的特殊阶段。天下没有绝对好的东西,也没有绝对不好的东西。它们没有好坏,就看你怎么利用。你利用得好,都是好事。利用得不好,也会带来坏事。"

几十年来他的作品层出不穷,我问他的写作资源都怎么来,他说:"艺术家要靠艺术家的敏感,不能靠傻乎乎地混时间。有的人,可能在这个圈儿里混了很多年,但没有写出一部作品,因为你没有艺术家的敏感。但可能对于另外一种人来讲,他可能接触几天,听一些人讲一些故事,就足够了。"

说到现在很多职场中人都有这样那样的焦虑积郁,压力很大,我问他有无这种感觉,如何排解。他说他对这个阶段早就超越了。我说："那是因为你远比一般人更有支配自己生活和时间的自由吧。"他笑言："这个自由，一个是要挣来，还有一个在于自己的把握。同样的事情，有的人做得自由度大，有人做得自由度小。比如做一个作家你贪心太多，功利主义太强，各种欲望太多，那肯定就很不自由。哪个都想占全了：又想写东西，还想搞社交；哪个都想不误——讲学、出国、参观、访问，你能自由吗？在这一点儿上，我可以做到相当绝对。我不接电话，拒绝一切应酬。作为一个作家我放弃的东西很多：各种各样讲学的邀请，出国的邀请，访问的邀请。各种各样的选举，像选举什么省里的作协主席、副主席等。各种评奖，评职称，我一次都不参加。全国作协代表大会，我一次都没参加过。当然这一切都有代价。但一个人要知道什么叫放弃。放弃很重要，不要心太毛。写东西需要沉静。要用一个安静的心态看待不安静的世界。"

我问他每天大约写多长时间，他说，没有准头。

"老有人问我每天写多少字，每天写多长时间，这都是误区，都是对自己的禁锢。每天写多长时间，是毒化写作的关键词之一。还有每天写多少字，多少进度，这也是毒化写作的关键词。不要有那么多功利目的，不要有那么多的进度和计划，不要赶什么。我一直是把写作当作日常生活，当作人生游戏的一部分。不自己逼着自己写作。很多作家被写作毒化了。有的人太着急，太玩命，把写作当作什么使命不使命的，特别累着自己；还有的是有特别实际的目的，想得奖，想出版，想畅销，一大堆。"

访谈结束时已近中午12点。我说请他吃饭。他说:"不,我几乎从不在外面吃饭,所以我也不请你了。"

在北京,一个闪闪发光,几乎不可能有免费事情的四星级酒店,我们完成了一场彼此都零消费的会面。轻松,新颖,了无挂碍。原来事情还可以这样。

随时检视自己苦难的人，是无法成大事的

我们见到的孙皓晖先生，总是一袭黑白衣裤，白袜黑布鞋。据说古代秦国人尚黑好白，他的身心，还常常沉浸于那个时代。

2008年初，《大秦帝国》即将出版前，他来郑州看了整整一个月的书稿清样，每天中午从宾馆步行到郑州有名的合记烩面馆吃一海碗烩面，便是他那一个月里最放松的享受了。一个月的午餐，都是这样吃下来的。

2009年春，《大秦帝国》典藏版首发式暨作品研讨会在中国现代文学馆举行，会后的晚上社长请大家唱歌，他的声音雄浑豪迈，如野狼嗥叫在无人的旷野，其元气之充沛，内在吞吐的激情，让人无法想象是出自60岁的躯体。他的内心，依然蕴藏着气吞山河的能量。

《大秦帝国》上市后发行和影响很好，但是很快出现盗版，淘宝网上公开低价叫卖的盗版甚多。作为这套书的宣传编辑，我便以他的口气拟写了"告读者书"，言及他为写作此书16年来所历经的辛酸，16载青灯黄卷胼手胝足，黑发人写成白发人，504万字可谓字字皆是血……我想把这些发在他博客上，

以"苦情戏"赢得读者支持正版。我发邮件给他征询他的意见,他回复我说:

> 我有一个不变的理念:为自己为社会做事,永远不说辛苦。我们应该有我们的风骨与气度,一切辛苦不足为人道矣!盗版很令人恼火,可是那种弱质化的呼吁,没有好处。对自己的精神状态更没有好处。一个随时检视自己苦难的人,是无法做成大事的。苦是什么?与其说是一种客观现实,毋宁说是一种主观感受。自己觉得苦,是真苦。自己不觉得苦,再苦也是一种境界。《大秦帝国》写作16年,此前我也同样,从来没有在理论战线停止过劳作,苦吗?不。我感觉是充实的,甚至是甘之如饴的。几天不工作,我就会烦躁,一旦工作,我就平静而深沉,一切都是自己的精神世界……

一切都是自己的精神世界。说得真好。他让我看到了一位作家巨人般的境界和格局。

能成大事的人,一定都是狠人。这个狠,首先是对自己狠。是敢于决断,能痛下决心。开始写《大秦帝国》之前的孙皓晖40岁出头,是西北大学法律系副主任、教授,获国务院首批特殊津贴的专家,正值壮年,生活本来可以这样一马平川地继续下去,但是他在完成《中国古代经济法制史》的论著而进行中国古代法制史的学术梳理时,深深陷入了战国与秦帝国时代。在他看来,秦帝国创造的一整套国家体制与文明体系奠定了中国文明的根基,秦帝国兴亡沉浮的五百多年(从秦立诸侯国到帝国二世灭亡),是中国历史上最为自由奔放、充满活力的黄金时代,那是一个大毁灭、大创造、大沉沦、大兴亡,从而在总体上大转型的时代,在那个"凡有血气,皆有争心"的大争之世,名将辈出,大才如云,英主迭起,经济、政治、军事、文化都在这种大争之世中碰撞出最灿烂的辉煌。但现实情况却是,那个时代与我们之间的精神连接几近荡然无存,所以,将秦帝国的是非功过阐释清楚,探寻两千年中华文明之根,成了燃烧在孙皓晖内心的火。他觉得《大秦帝国》值得自己倾注全力去表现它,不做完这件事他的灵魂将永远不得安宁。他做了一个震动了身边所有人的抉择:辞去教授职务,远离故土,自我放逐至海南——只为了获得一个完全不受干扰的环境。

这是一次伟大而决绝的自我放逐。为了获得心灵的巨大自由,进入精神的无我之境,最深地徜徉于战国与秦帝国时代的历史烟云。连他自己也没想到的是,从开始《大秦帝国》案头工作到他画上最后一个句号,竟然历经了16年光阴。这16年中,他电脑都用坏了四台,有的键盘的按键都敲出了手指头坑。

当我问及他在创作中遇到的艰辛和困境,他却说:对于长时间的研究与写作,任何技术性的准备都是次要的,最重要的还是精神准备。就是说,你是否真正进入长期鏖战的精神状态,是否准备好为一件有意义的文化工程耗去一生最丰茂的时段,甚或直到生命终结。

现在,他又置身于一部秦帝国之前历史的百万字的历史小说。"我还可以再工作20年。"他毫不客气地对我们说。

说这话时,与共和国同龄、满头银丝的他,满面红光,声若洪钟。

美不美，都在诠释你的内心和修为

应该承认，一个女人看别的女人，大都好用一个最简单的标准：美，或者不美。

哪怕这个女人是著名作家、作协主席，也难逃别人一样会以这样的标准去看她。在我们眼里，邵丽首先是大美人儿邵丽。

这么说也许很俗。但是谁又免得了以貌取人的通病呢。好像是林肯说过，一个人40岁之前，容貌由父母负责，40岁之后，样子就该由自己负责了。一个人的容颜怎么样，美还是不美，都在诠释这个人的内心和修为，以及她的生命质量。她在人世间的荣辱，得失，和悲欢，也会通过容貌丝丝缕缕地透露出来。所以，一个人的美或不美，不仅代表容貌本身，也会指向活着的一切内涵。

编过邵丽的几本书。进入一个人的作品就是进入一个人的内心，尤其是她这样的女作家。应她之邀，为她的小说集《迷离》写过一个序，实在有点自不量力。她素来交好的著名作家、评论家太多了，都是在当今文坛红透半边天，极有话语权的，怎么都不该轮到我写。不知她是怎么想的，偏偏认定了我。她是水瓶座的，水瓶座的人常不按常理出牌，说话做事全凭自己兴趣，头脑中永远闪烁着稀奇古怪的念头，所以我只能把她让我写序的这种选择，理解成水瓶座的典型表现。

  安小卉是个生活中多少有点儿迷离的女人。不是神秘的那种迷，也不是故意踩在人生边上的那种离，而是种天然，用纯粹和纯情都不太合适。反正生活是什么样子就是什么样子，她好像对一切都不着力。

这是她的小说《迷离》的开头。她塑造的安小卉这个人物，与我们心目中的她颇有些像。从某种意义来说，一个作家的每一部作品都是他的自传，因为作家在他每部作品里都倾注了自己的内心情感和生活感受，他塑造的种种人物都有可能是他自己的某种化身——反正我就是喜欢这样简单粗暴的对号入座。

虽然邵丽是世人眼中很有成就的成功女性，但我们眼中的她，也是像安小卉那样对世界颇有迷离感的，不着力不用劲儿的人。每次和她见面，都极少听她谈及她的某个作品，她创作的甘苦，她写作中的困顿与纠结。这些惯常文艺女青年或真或假或虚或实的文艺做派，在她那里很难见到。她倒是和我们谈及她的家事，她的亲人，她刚做的指甲，她有点问题的颈椎，她喜欢烧的某道菜，她好练的某些瑜伽动作，等等。俨然，一放下手中的笔，她就能干净彻底地从文学的世界里跳脱，一头扎进比小说更加汹涌澎湃、一言难尽的生活本身。

一个懂得生活的人，才能摆正写作的位置；一个总把自己的生活掰扯得七荤八素的人,她的写作成就再高,其人生的意义也很可疑。邵丽显然参透了这一点。我们眼中的她,简单,率性,感性而又可爱。她简直单纯得令人发指。她好像都不会矫情,我甚至怀疑她没有能力矫情。因为不论是在台上还是台下,在会议主席台还是朋友文友中的饭局,她看起来都是一样的自然性情,不会拿捏,只会带着娇柔女人的那种迷离感与无力感。有过几次,与几个朋友一起和她吃饭喝茶、聊天聚会,我们几个女人都很松弛也很疯癫,很放肆也很痛快,那是女人之间的情意,与懂得。

或许是因为邵丽的简单,放纵了我们的简单。因为邵丽的迷离,引发了我们的迷离。因为邵丽的敞开,造就了我们的敞开。因为邵丽的柔软,催生了我们的柔软。她的表现常会让人忘了她的职务,而是就把她当成一个女人。一个身心简单,不会强悍,不够精明,不会虚饰,并不高于和大于我们的女人。

她甚至是有点弱的,能让人看出来生活能力并不强的,喜欢谁讨厌谁都挂在脸上不加掩饰的女人。她如此简单却又如此幸福,如此成功却又如此漂亮。她的不打自招的光芒,她的绝不拖泥带水的透明,有时会让人感觉,别有幽愁暗恨生。可是却又恨不起来。因为看起来她是那么的不当回事儿,似乎那一切光环和辉煌、好事快事都与她无关。她的作品发得满天飞,各种文学大奖拿到手软,风光无限声名显赫,可是她那种寡淡无谓的态度,仿佛她生来如此,仿佛那就是自然本身。

她颠覆了我们对成功女人的想象。想象中成功女人应该是那种滴水不漏,气场强大,精明过人的。不能想象也有邵丽这种波澜不兴，静水深流，月光一样温软和煦的。她像一个被生活宠溺的孩子，对自己拥有的一切感觉稀松平常，却不知道自己拥有的是别人眼里的珍宝。她就那么暴殄天物着，却又一派无辜。她是一个异数。

在我看来，她的小说也有着水瓶座的特别。特别的气息，特别的味道，特别的干净，特别的节制。她笔下的人物，没有夸张泛滥的情感，没有哭天抢地的情绪，没有撕心裂肺的激烈。故事背后的那个叙事者，始终都是中性的姿态，见不到惯常美女作家常有的自怜自恋自我放大，这使她小说的气象和格局显得异常开阔，异常豁亮，却又自有一种不动声色的风流妩媚。她笔下的人物，在生存面前也会有隐而不发的疼痛，有无可言说的感伤，有无枝可栖的茫然，却大都可以自己咽自己扛。心碎之后，必须自愈，这是她赋予他们的一种精神上的自足与庄严。她小说中的人物大都是有光的，是那种内心深处不可侵犯、令人动容的光辉，他们最后总能找到与自己、与他人、与世界和解的办法。这是作者以隐忍的姿态，给人以绝望中的希望。不管是看起来过得不错的"寂寞的汤丹"，市长夫人安小卉，还是深圳天王大厦的保洁员马兰花，做家政的姚水芹，不论他们对生活的期待如何被践踏被粉碎，他们都还是要一往无前地活着，并且，找到自己的精神支撑，让自己活出美好活出尊严活出光亮：

马兰花仍然端坐在深圳一间茶馆里喝茶，她今天要的是一杯柠檬红茶，虽然是最便宜的一种，但便宜得很得体,绝不会让喝茶的人显得寒酸。马兰花喝茶的那一刻,目光温柔动人,甚至洋溢着愉快的光彩。怀着期待的女人都会是这样的。上帝在某个地方看着她们,她们的期待会因为虔敬而显得非常庄严。

只有内心非常美好的人,才可能塑造出这样的人物。只有内心富有光芒的人,才能把那种光辉传递给他的人物。这样的写作,怎么会不让自己越写越美?写作,可能是最深切的精神美容。

生活简陋，精神富足

几年前曾去李佩甫先生家做过客。他住在临街的一个不起眼的颇有年头的小区，小区里楼群密集，没有草坪和花园，并非"高尚社区"。

很普通的三居室，门口鞋柜处放着好多双旧鞋子，应该是鞋柜容纳不了的，就随意摆放在门口了。几只陈旧的年头至少有二十年以上的布艺沙发，式样简单，还有因为陈旧而显得灰扑扑的家具，都让人很难相信这是著名作家，并且做了省文联副主席的家。感觉我周围随便一个同事朋友的家，都会比这里显得光鲜宜人些。

沙发边、茶几上下、电视柜两边堆的全是书和文学杂志，有的堆得有半人高。请我们在沙发上落座后，他自己坐在沙发旁边的一把转椅上，转椅有两只轮子坏了，重心不稳，斜趴在那里，幸而是靠墙放的，所以还不至于倒掉，他就坐在这样的转椅上和我们说话。

他脚上穿的一双拖鞋，是在快捷酒店里经常能见到的质地很硬、价格低廉的那种。他的头发灰白，几近全白，他说过是一年前从省文联副主席的位置退下来后就不再焗油，任其自然花白的。

除了他眼神里的光亮,屋里没有一点光鲜亮堂的东西,他的生活如此简陋粗疏,可能还低于都市一般人的生活品质。也许,正是这种对世俗物质生活的忽略与不在意,才更好地成就了他精神世界与文学成就的丰饶。他一定自有他的快乐,自有他的慰藉,自有他的天地。那种快乐和慰藉,足可以覆盖眼前疏陋无光的一切。

大家对他表示祝贺,这是河南本土作家第一次问鼎茅奖,他是实至名归。他淡淡地笑着说,得奖是阴差阳错吧。还说从公布十部入围作品名单后他就关了手机,因为不想接受那么多的采访,不想谈感受,也没什么好说的。直到结果出来那一天,他正在家里写作,乔叶打通他家里的电话告知他获奖了,他更不敢开手机了。对于这样的事,他一直是出了名的低调和被动的。

我们和他开玩笑:"大家都想知道你得了五十万奖金该怎么花呢,还有人给你算能买多少碗烩面呢。"他不好意思地笑了,说:"昨天在得知得奖后的中午,确实是出去吃了一碗烩面。"他还一再谦逊地说,"我都老了,退休了,现在是老牛拉破车啦,得不得奖都是一样写作,得奖了是个鼓励。"

老牛拉破车这句话是他常挂在嘴边的自嘲。每次在文学活动中遇上他,问起他的身体或创作情况,他都会这么来一句。直到有一次,乔叶嗔怪他:"每次都是这句话,你能不能换句新的啊?"他马上羞涩地笑起来,无以对答。以他的经历,他在小说里能那么世事洞明通达一切,在现实中却羞涩讷言,真是可爱。有些作家,是伶牙俐齿口吐莲花话语滔滔的;有的作家呢，是木讷内敛，不像作品中下笔千言在口头上能占上风的。他显然属于后一种。

对他印象很深的，是在两次作品研讨会上他的发言。一次是文学院一位签约作家的研讨会，他说，板凳要坐十年冷，只要在创作上多坐几年冷板凳，创作上就会有体现。

还有一次，是我责编的一本书的研讨会，作者是名校毕业的学院派，创作水平不俗。在众多人发言对作品表示了肯定赞美之后，时任省作协主席的他却沉吟道："我这个人好说实话，怕一开始就把导向弄坏了，所以刚才主持人让我先发言，我让大家先说。现在我觉得可以说了。说老实话，对地市的作家开研讨会，我一向是以鼓励为主，说好话是多的，因为下面作者不容易，他们好不容易写了一部作品，我们还是要抱着善意推举，面对媒体的时候要推举一下。但是今天对这部长篇我更多的要说它的缺点。这是一部我近年来看到的比较年轻的作家里感觉最好的一部小说，优点我不再说了，因为我的期望太高。她这个小说一两个月时间就写完了，我觉得她仗着自己精力旺盛，仗着自己的学养，就随便把这个素材扔出来了，我觉得可惜了。这个书写当代都市女性的心灵历程，如果写好了扎扎实实地写个30万字，那是在全国可以引起轰动或者是有巨大影响的，绝不是就这十几万字就这样拿出来了。我觉得作者有这样好的情绪、这样好的语言质感，不好好写我觉得浪费和可惜，我真是心疼。你要知道，小说是建筑，你要建造出一个宫殿……"

其拳拳之心，殷殷之情，令人动容，也让我看到了他内心的高度。

包容一切，便一切皆可成为营养

认识乔叶有十年了。十年里，眼看着她活得越来越有光彩，人也越来越有光芒。相比于更年轻时的她，现在的她从内至外都让人感觉珠圆玉润。历经岁月侵蚀之后，有的女人会让人感觉备受时光损毁，而有的女人只会越发沉实从容。那是世事历练之后的更有力量。对于一直拥有丰盛创造力的人来说更是如此。

于乔叶而言，文字是最好的营养品和化妆品。她浸淫其中，风调雨顺。

乔叶写作已逾20年，出的书也有四五十本了。她的路一直走得顺风顺水。写散文时她的散文发得满天飞，是著名的青春美文作家。90年代期刊红火的时期，几乎随便翻开一本刊物都能见到她的名字。之后她转身写小说，几乎每篇都被转载，各种奖项拿到手软：鲁迅文学奖、《小说月报》百花奖、华语文学传媒大奖、人民文学奖、郁达夫小说奖……这一切顺遂与风光的背后，她有多么努力与用心，只有她自己清楚。

有一次和乔叶一起为郑州电台的读书征文活动当评委，评比结束后大家一起吃饭，饭桌上有位出过两部小说的作家说起写作,慨叹道:"写作真是苦啊,太苦了,乔叶你说是不是?"

那人身材瘦小,身板和表情都是一副备受写作摧残的样子。乔叶却笑眯眯地说:"还好啊,我觉得还好。文学也是很养人的,习惯了就会很享受。"

简简单单的两句话,在我听来却极有分量,也极有内容——这话背后,是乔叶对生活、对写作巨大的修炼和吞吐能力。她早已身在写作的激流中如鱼得水。对于一个写作状态与生活状态很好的人来说,写作不会是苦的,或者虽苦犹甜。苦不苦,就在你怎么看怎么转化了,一切都是自己的心态。就像她在我社最新出版的散文集《走神》里写的:

> 一天晚上,我上卫生间,发现下水道堵了。我冲了又冲,疏了又疏,还是不行。卫生间里开始弥漫难闻的异味,但我却不反感。我想我可能已经不正常了。我已经变态了。我对异味居然也是那么留恋!我仿佛随时可以爱上一切,爱上我看到的、看不到的、经历过的、没经历过的一切……

真爱她那种能够消化一切的境界。

我编过她的首部非虚构小说《拆楼记》。那年圣诞节,我们一起吃自助餐。据说吃自助餐的最高境界是扶着墙进去,扶着墙出来。那天乔叶在吃了几盘海鲜肉蔬和主食之后,又像孩子般贪溺地吃了一个又一个哈根达斯冰淇淋,在去取第三个哈根达斯时,才有点害羞地说:"不好意思我还想再吃一个。"

那可是在冬天！似乎，那是她宠溺自己的唯一方式。对这种好胃口，我暗自称奇。

爱吃的女人真可爱。对食物有好胃口，在创作中才能有好元气，她让我深信这一点。

乔叶偶尔也会小矫情地嫌自己胖。有次在饭桌上有人传授减肥秘诀，说早上中午要吃好的，晚上要吃得尽量简单，别做好吃的。她略带苦恼地说："可是觉得什么都好吃怎么办啊？就是只吃馒头，都觉得很香呢。"

说得大家都笑了。我忽然明白了她，她岂止是觉得连馒头都好吃，她是觉得生活中的一切都好吃，就像她觉得一切都可以写，都可以转化为文字一样。包容一切，便一切皆可成为营养。

有次我们几个朋友闲聊，说起微博微信。我们知道她虽然也开了，但却很长时间才更新一下，还大都是转发。我问她何以惜墨如金至此，她半开玩笑地说："不给稿费的文字，一个也不想写。"

这话说得真欠揍，我们笑着打她。但是在瞬间，我也明白了：她是不想让自己的人生，自己想写的东西，沦为意思不大的碎片化的东西，因为她有把它们整合成为更有效更有质量的文字的野心。这里有她对文字的高度自重。

看乔叶的诸多作品，感觉她永远不会让人失望。她的潜力与她能不断给予读者的信心和期待在于，她始终是诚实的写作者，是心灵富有责任的写作者，也是不断拥有新的可能性的写作者。

乔叶承认自己对文字有野心。她以努力，以实力，以才力，以她全部的气力，小心地喂养那份野心，享受文字野心带给她的炙烤与满足。那是她内心的火。

每一步，都像是走在刀锋上

电影《逃离德黑兰》中有一句台词，大意是："我这工作就像矿工，即使回家之后，也仍然无法洗净全身的黑。"写作这差事也差不多，别人工作的时候，我也开始工作，但看上去像在休息，发呆、喝茶、打一点字。别人休息的时候，我也开始休息，但看上去还是像在工作，仍然是发呆、喝茶，甚至还删掉此前所写的字。这不是讲俏皮话。就是这样，就是没有彻底的放松与休息，大脑深处的某个地方，总是思虑沉沉、总是不得开颜，好像那里有一个野心勃勃但终身被囚的武士。

这是著名作家、鲁迅文学奖得主鲁敏的散文集《我以虚妄为业》中的一段话。它道破了作家写作的性质：面向虚妄的创造，"无中生有"地自立王国，需要战胜无尽的茫然、虚空、犹疑，和惶然。

在联系鲁敏出书前，我没有见过她。看过她的长篇小说《六人晚餐》和小说集《九种忧伤》，也在《小说月报》等刊物上看过她的作品，在心里感觉就像和她有某种亲缘关系一样。这种亲缘不是血缘，而是精神上的。对一本好书，对自己喜欢的作者都会有这样的感觉。因为在看她作品的时候，你的内心被她搅动，甚至被她注入新的东西，她给你一种新的看待世界的眼光，你被深深触动，和她笔下的人物共悲喜，仿佛你们共同经历了一段人生一样。还有，你对很多东西虽然有感，但是混沌未明，很难说清，她用文字给你揭示清楚。她把那些深不见底的东西打捞出来，掀开，照亮。她在作品中塑造的人物会影响你内心的底色，甚至影响你做人的风格，这不就像有某种亲缘关系吗？对我来说，精神上的这种亲缘不亚于血缘。所以，和书背后的那个人见不见面不重要，重要的是你能在她书中收获的那些东西。那些已经非常美好非常刻骨，就像你私密的财富一样。鲁敏的书，在我心目中就有这样的地位。

一开始联系她是想出版她的中短篇小说集，我策划了一套"名家·最意味小说"丛书，已经联系好六位作家，但是只有她竟然拒绝了。她说新作不多。我说不一定要全是新作，有两三篇新作放进去就可以了，或者都是代表作也可以。她说："这样不好，我觉得都是新作了才可以出。只有两三篇新作，让读者看见了是买还是不买好呢？"——这话让我很错愕。几乎，没有一个作家能拒绝给稿费出版小说集这种事的，即便都是旧作，也很乐意一出再出，至于读者买不买，似乎不该是他们考虑的事。只有鲁敏站在读者的角度这样想。她对自己的严格要求和她绝不随波逐流的态度，在这个浮躁的年代珍若钻石，也给我上了很好的一课。

后来又约她出散文集，因为我们策划有一套"小说家的散文"系列，这次她才爽快地答应了。应下来不到一周，书稿就整理好发来了，效率之高令人咋舌。更令我意外的是，这竟然是她写作近20年来的首部散文随笔集。——对于出书非常容易的她来说，我知道这本书的分量。

看鲁敏的东西很难看得很快，很难一眼滑过去几行，因为她文字里的精神密度大，总给人很多需要细细领会和反刍的东西。她的作品重在对人精神世界的勘测，表达的是对现有生活秩序、对现实世界的质疑，她关注失败的大多数，注重挖掘当下人的精神隐疾。她有一种和一切表面上看似光鲜、看似圆满的东西不合作的姿态，这正是作家存在的意义所在。

我很喜欢她书稿中一篇文章的标题：《我以虚妄为业》。便建议她就以这个题目作书名，她同意了。我以虚妄为业，这是她的句子，也是她对自己从事写作这个职业半虚弱半骄傲的宣言。在这本书里，她深度挖掘自己生活中和内心里的那些痛惜残缺和令人不适的东西，最大可能地抵达自我的真相和世界的背面。深度呈现，深度地拷问和剖析，翻出血肉，很多并不光鲜亮丽，甚至无法示人，令人疼痛难耐的往事，都被她一一挑开放大。正如她在一篇散文的后记里所说："有人说我的文字狠，我说与其说狠，不如说真，每一个字都是真实的。这也是我一直比较忌惮写随笔的原因。随笔里，我没地方躲……所迈出的每一步，坏的或是不那么坏的，都像是走在刀锋上——蛮荒、锐利，没有一丝怜悯。"

书出版后，邀请她来郑州的书店做活动，她做了一场讲座。那天的现场座无虚席，到场读者有上百人，她以"其实作家都是骗子"作开场白，谈写作，谈阅读，谈自己的人生和内心。她说话语速极快，比常人快一倍，却无一赘词无一句空话，机锋不断，那些密不透风的话语像机关枪一样嗒嗒嗒射中了每一位读者的心。她的智慧、率真和坦诚，征服了在场的每一位。

一个多小时的时间，她讲座的内容容量，横跨了她人生的几十年，涵盖了她写作和思考的前后历程，高浓度高营养，浓稠得没有一丝水分。那是她的效率，也是她乐于给出更多，就像她的文字。

头一天她坐火车来的时候，穿着白T恤衫牛仔裤，当天晚上吃饭时候也是。第二天上午送她去逛省博物院，依然还是T恤牛仔，我便以为，在下午的活动中她也还是这身打扮。为她的活动做主持的我，便也没去换自己的T恤衫牛仔裤，正好这也是我喜欢的休闲风格。没想到下午去酒店接她时，她换上了墨绿色的连衣裙。我为自己的牛仔裤不好意思了，她告诉我："我觉得换上裙子对读者是种尊重。"

讲座和签售结束已是黄昏，她需要马上去坐一小时后的火车赶到苏州参加活动。在临行前，她去卫生间匆匆地又把裙子换回牛仔裤，说这样坐车方便。

她的简单随意里，藏着一个用心之人的精心持重。

她深知每件事的意义和无意义

　　她太聪明。聪明到会打击男人的自信，让对方内心悚然。她精神的强度与深度，她的无边无际，让人又惊艳，又绝望。

　　那种艳是一种内在的光，有无迹可循、不动声色的锋芒。大红、大紫、大绿、大黄、大黑是她内心的颜色。铺张，强劲，浓烈，向你迎头泼来。

　　她永远那么透透儿的，有时让人内心隐隐觉出恐慌，因为感觉自己的一览无余、自己的薄露透。犹如狡兔面对猎人的枪口，逃无可逃。

　　她的聪明常常并不外溢，也懒得外溢。聪明的人大都是懒的。懒散得不用很提劲儿的，就已经光华四射，昭然若揭。这是没办法的事。所以她的聪明，往往敦厚圆润，并不给人带来压迫，犹如暖风，熏着你，炙着你，煨着你，浸渍你，润你于无声，自会让你人仰马翻，暗自惊魂。

　　她深知每件事的意义与无意义，所以在任何场合，她都进退裕如，自在犹如天人。她会让你觉出一切事情的索然与虚妄，也能带你进入很多事情的微妙与深意。她永远兼有这样的两极。

就像一个坐跷跷板的孩子，一边吮着棒棒糖，一边忽上忽下，飞升坠落，自在平衡。

文字被她运用得风情无边，风情得令人绝望。就像面对一个绝色的女子，她的美丽光华四射，劈头盖脸，令你迷恋到无望。

是那种让人悚然心惊、灵魂出窍的好，以至于你会深觉无力。就好像你在深爱或欣赏的人面前的那种无力感。愈无力，愈沉湎；愈沉湎，愈惘然，不能言语。她的文字总会惊动你，扫荡你，击穿你，粉碎你，让你感受这个世界的疼与痒、快与慰。

读过这样的文字，你不会再是原来的你了，犹如大地经历了暴雨。

第一次见她，对她印象并不好。那是在山里，会议之后的饭桌上。一帮之前彼此并不熟识的文人坐在一起，菜七大碗八大碟地上了，很壮观，酒也上了，有人竭力想让饭桌热闹起来，彼此熟稔起来，便让每人自我介绍，交换名片什么的。大家都很配合——大抵陌生人相见，总是格外不吝热情的，人生若只如初见嘛。只有她有点例外。她的样子非常矜持。当有人号召大家一起干杯，大家纷纷应和，并且动作阔大、笑容阔大地站起身来碰杯的时候，她只是略欠了欠屁股，脸上的表情极淡。

她是冷的。

我正好坐在她的左手，看她如此冷，与桌上满满当当鸡块鱼块肥肉片的厚道热烈气息如此不搭，便感觉心里有些不爽——大家都这么热乎，凭什么你就不呢？对于她表现出的异类，我简直像阿Q对城里人把长凳叫条凳，做鱼放葱丝而不放葱段一样感觉愤然了。

有人与她说话,她大都只用嗯、呃、噢这样的单音节词。我好奇地问起她笔名的由来,她的反应也很平淡,让我感觉情绪的收支有点失衡。

那晚的饭桌并不热闹。可能有部分原因就是因为她所表现出的冷。不过第二天一早听说,那个夜晚,她与几个熟识的朋友又拿了酒和牛肉,躲在哪个小屋里还是哪个麦秸垛下面,喝酒喝到凌晨两点多,喝翻了一位男士。我暗想,这个女人真叫一个豪壮。

第二天的会并没多大意思,屋外下着大雨,我从同座的编辑朋友那里,看到她送这位朋友的她刚出的一本书。看着看着,我不能不坐得越来越端正了。她的文字让人不好再东倒西歪,而是缓慢地、如丝如缕地在内心生起敬重。会议主持人最后让她发言,她好像刚从屋外散漫地看完雨回来,她发言的声音听起来依然是冷的,像雨一样冷,也像雨一样砸住了人们的心。很显然,她讲得最有分量,干净,透彻,没有废话,掷地有声。

看了她的书,听了她的发言,我在心里一下子原谅了她的冷,还有冷后面暗藏的骄傲。

后来想,人活在世上,竟没有一点可资骄傲的东西,还活个什么劲呢?

不骄傲,毋宁死。

这样的人,不会轻易浪费自己的热情在不相干的人身上,在过后即忘的事情上。我想,她便是这样。

后来又与她接触了多回,这才发现,对于同气相投的人,她老人家也慈祥得很，温存得很，并不是冷和硬，而是可以沸腾，可以激荡，可以柔软，可以滚烫，可以笑不自持，可以一醉方休，管他今夕是何夕的。

她可能永远不会让你一下子就爱上她，但是，她一定有力量让你陷落于她的文字而沉湎于她。在那些文字面前，你别无选择，只有倒下。

其实，一点也不想赞美她。任何赞美于她都无意义，都会成为可笑的俗套与庸常，都会自讨没趣。可是，又很难绕过内心对她的感觉。没办法无视内心对她的响应与喝彩。

说出来的爱让人害羞。说出来的赞美，也有损赞美。可是不说，它也会杵在那里，在内心疯狂发酵，胀痛胸怀。

她是妖，是魔。是真，是幻。是癫，是狂。是灵，是异。

她只不过是，鱼禾。

孤单与彷徨背后的心灵质地

在锅膛的门前上方,一般会吊一个陶水壶,那水壶被烟火熏得浑身黑透……我总觉得,那一只全身被烟火熏烤得黑透的水壶,就是我自己。虽然在城市里生活了多年,我常常洗不干净自己满身的灰尘……

赵瑜在散文集《那么孤单,那么彷徨》中如此自况,让我瞬间接通了他成长中历经的那些疼痛与孤单、缄默与煎熬。他的散文有小说般的曲笔与表现空间,身体与精神的浓度和比例也刚刚好。他在叙事中所呈现出的作家内心的宽度与厚度,令人沉湎。

高中住校吃食堂,要用麦子换取粮票,星期天离家到校时要在自行车后座绑上一编织袋麦子。乡间的路泥泞崎岖,从家里骑到学校麦子往往要掉落十余次。下雨的时候,麦子被雨淋湿后变得很沉,过坑洼路时,麦子从后座上摔到地上,麦子撒出来很多。

"我沮丧地在地上坐了一会儿,一个人扶着车子站起来。然后蹲在地上,一粒一粒将麦子收进口袋……这场雨淋湿了我整个青春……高中三年，我整整带了三年的麦子，无数次翻车，撒在路上。冬天时的艰辛更是难以描述。时间是怎样一天天翻页，一天天将我推向现在，现在想来都觉得遥远模糊。但每次忆念起中学时代，我最想念的却仍然是带着麦子在路上的时光，那一路的风雨，让我懂得了生活从来都不是简单的陈述句，它充满了比喻。"

赵瑜善于刻写生活中的那些挫败感与痛感。但他从不放任抒情，而只是让人想象，那种生活对予一个人内心的雕刻与塑造。我喜欢他文字中的那种戛然而止与心理留白。这种克制与控制，即便面对层次更为丰富的疼痛与失落时也一样做到了：

"我相信写情诗的那个我和日常生活中的我，不是同一个人，因为，他开始变得不自然，甚至因为有了秘密而开始内心丰富。一首情诗让我开始变得复杂，陌生……之后，我突然变得深沉起来，我总觉得，我的青春期在那一首情诗里结束了。"

他书写的那些质地丰富的诸多孤单与彷徨，是很多人无法触摸的疤痕，赵瑜却经由内心的辗转发酵，让它们变成自己身上幽光四射的精神徽记，让人看到他如何"渐渐从一个单细胞价值观单一的偏执狂，而变得宽容"。他的散文给人的魅惑在于，他可以和万物交谈，与万物恋爱，深入它们的肌理与秘境。那是一种天地与我并生，而万物与我为一的齐物精神，是"独与天地精神往来，而不敖倪于万物，不谴是非，以与世俗处"的情怀。"土芒果，就像是埋在土里的一个夏天，慢慢地将阳光和潮湿的心事都浓缩在这小小的身体里……剥开土芒果的一瞬间，我们看到了海南乡村的美好味道：一种绝不谨慎的甜，和肆意的美好。"看他描写的十种芒果的不同香气和味道，我绝望地发现，我们在万物面前常常是既盲又聋，辜负了生活的太多滋味。

赵瑜观察世界的方式，让我看到一个好作家有他自己非常突然独立而强大，覆盖世俗的价值观。我很看重一个人的文字能给予我这样的清洗与提升。

"每每在公交车上东张西望或者沉默静坐，我都会脱离平常的自己。那是被一些陌生的意象所吸引的结果。我喜欢在公交车上寻找停泊在别人身体里的那个自己，或傲慢，或谦卑，或孤单，或奔波，或快乐，或伤感……我把公交车当成了我的日常手册，我在一次又一次疲倦不堪的拥挤中发现了自己的勇敢或者孱弱，智慧或者懒惰。"

在殡仪馆里呢，他看到的"多是被世俗击打得只剩下平庸表情的人。他们屈服于任何一条戒律，更服从于任何一种价格，他们在小节上讨价还价，却丢失了人生最为丰硕的精神领地。是的，那众多被哀乐包围的面孔，让我联想到屈服、恐惧、庸常和失意。这个特殊的场地，它用一种特殊的背景音乐，画出了众人的精神特质。那么令人悲伤"。

余华说过："作家的职责是发现。去发现一切可以使语言生辉的事物，无论是健康美丽的肌肤，还是溃烂的伤口，在作家那里都会引起同样的激动。"我在赵瑜的文字里一再感受到这样的光焰。他善于发掘庸常的生活里蕴藏的文学性。书里有个常用的句型是："这真好。"这说明了他的生活态度。他总能找到和感受到"这真好"的东西，哪怕前面写到的明明是一个让人感觉不太好的东西。这反映了一个人的心灵质地。

比如《海口三叠》里写到在胡同门口卖水果的老太太,他想帮助她,故而经常光临她的小摊,"但她并不懂得感激,有一次,她故意把价格说得高一些。我想了一下,想转身走,但还是买了。一直到现在,我仍然常常买她的香蕉吃。她呢,每一次看到我来了,便会把价格稍稍提高,她觉得我是一个外地人,不懂得本地的行情。我觉得这样真好,能以这样的方式来帮助一个老人"。一个好作家,自有他独立的精神维度与生活逻辑。这个维度与逻辑超越庸常,不问世事,有常人难以企及的风景。赵瑜的文字表情,沉着雍容的叙事态度,常常让我发现有沈从文式的微笑。我相信,他的身体里住着一个沈从文。

散文可能是最能见证一个人与世界的关系好不好、与自己的相处好不好以及他的人际怎么样的文体。因为从他的眼光看去,他所看到与感受到的一切都在折射着他的内心。散文如此暴露我们的内心质量。你过得怎样,你让自己感觉好不好,都关乎你的心灵质地。正如赵瑜所说:"真正的生活属于内心。"我在他书写孤单与彷徨的书里却品尝到了他内心晾晒的诸多美味。

一个好的写作者不在于他拥有什么样的生活,一切都可以成为他的写作资源。不管他在现实中拥有与消费的物质世界是怎样的,在精神世界他都是不折不扣的富翁,有自己丰饶如海的精神纹理。他能吸收、消融、转化生活给他的每一点好的和坏的,不浪费生活带给他的每一点滴,最后把它们酿成文字的蜜,消解世事,对抗时光。就像赵瑜历经的那些孤单与彷徨,是损毁还是成全了他,全在于他的心力。

"我背叛了我自己,同时,我也扩大了我自己,修正了我自己。我喜欢这修正的过程,我喜欢现在的我,多于之前的我。"这真好。

赵瑜的文字给我的迷幻是:内心才是一个人身上最性感的器官吧。你的世界是什么样子的又有什么要紧,重要的是它被叙述的样子,重要的是你在内心感受到的它的样子。

跋
碎碎的完整

赵 瑜

碎碎记忆力好，某次聚会说到某本书的名字，她说她正好有这一本，在下次见面的时候，她会帮着带过来。

　　熟悉了，知道她待人宽厚，正好的事情颇多。想想，觉得和她相识以来，总是占她的便宜。到她的办公室去过几次，看到架子上的书正好喜欢，就直接拿走了，说是几日后还。然而，还书这事儿，能做到的读书人太少。

　　写作多年，相熟的编辑有诸多，可是，像碎碎这样第一次合作就如旧友的，不多。后来想，碎碎的好在于她对文字的亲切大于人，或可以说，她舍人取字。遇到文字还不错的人，她便对人有了宽容感。我便是那个被宽容的人。

　　我与碎碎相识得晚，却并没有经过熟悉的过程，所谓一见如故。写字的人交往大多如此，文字是另外的自我介绍，在文字里，我们已经相识多年。

　　碎碎不是一个主动的朋友，印象中，她从未打过电话给我。基本上是短信，或者是邮件。后来才知道，她有打电话恐惧症。

　　然而，现实生活中，碎碎的口语表达并不拙，甚至犀利。她之所以一直喜欢与人用书信或者邮件交往，应该算是一种编辑职业的癖好。写邮件，字词之间可以重新排列，得体的语言会更加打动作者。而我们这些写作者，更在意词语的快意，感情夸张的成分更大，所以，越是急促，越是觉得用文字表达更浓郁。借此，我很快发现了碎碎的好，她从不肯定什么事，仿佛很犹豫不决地说出她的建议，让我觉得，她其实早已经想好了。

也看她的文字，一开始，印象不深。这种不深饱含着刻意，差不多也出卖了我做人的浅薄，总是不愿意在别人的文字里多费心思。粗略地一瞥，觉得这一瞥已足够。一开始接触的碎碎的文字和她起的笔名接近，是一些情感的碎片。在常识不易被触碰的领域，她的发言清晰而独立。但这些文字被我粗暴地划分到了一锅鸡汤里，就想，碎碎大概属于哲学家范畴，只写这些短短的生活语录就够了。

久了，觉得她的汤里有不少大于现实的词语，怎么说呢，碎碎所拥有的不只是词语的碎片，她有完整的生活哲学和日常逻辑。

说碎碎完整，是想说她在很多时候，并不在具体的生活里。她常能将自己从日常生活里抽离，她梳理自己的见闻，将所有路过她生活的人都用小火炖了，于是，这些便成了她的词语的组成部分。我是渐渐发现了她派遣词语的能力。她不动声色地将人性中的"小"写尽了。那些硌着我们所有人的粗粝的石子，因为生存或是碍于颜面，大多数人选择忽视，而在碎碎的笔下，她写得那么饱满而又指向明确。

碎碎的文字冷静。冷，是说她选择词语的温度偏低。一般人写文章，都喜欢用花草、鸟叫声以及夏天热烈的事物。碎碎很少用。碎碎的文字直奔人性深处，她抛弃了抒情的段落。静，是说她这个人是静的。有一次做活动,她是主持人,我来做讲演。她说完主持人的话,一直到活动结束,她没有再说话。事后,我想,可能是我的废话太多了。但是,她的确太热爱安静了。换作是我,有那么多想要说的内容,生硬地憋住不说话,我做不到。

碎碎写了她和母亲的关系,也写了她与整个过去的中国的关系。她写出一代女性知识分子的成长的痛感,而这份痛感是完整的,有力量的。

作为朋友,碎碎是有营养的。有时候心情不好,会问她一句:有什么好消息分享一下?她准会像老中医一样的语气回复一句:没有坏消息,就是好消息。然后,她又会立即意识到,我是一个需要能量输氧的人。不用猜,她一定会分享一些让人觉得暖意的事。

碎碎一开始是我的编辑,后来成为我的朋友,再后来,她又成了我的作者。我不知道她初始用碎碎的笔名时是如何想的,现在,我觉得,她的思想的碎片已经被她自己找齐,她用内敛的情感将这些时光里的碎片黏合好了。那些花纹一样的缝隙,既是岁月给她的礼物,也是理性的光照亮她的生活时留在她掌心里的细纹。

真心，
真意，
真情，
总是让人害羞。
以至于，
我们无法表达自己。